浪人奉行

十五ノ巻

稲葉稔

目次

浪人奉行　十五ノ巻

小岩市川一円地図
日光街道
中川
新宿の渡し
新宿
水戸街道
伊与田村
佐倉街道
千住宿
小岩市川関所
市川村
江戸川
隅田川
至日本橋

第一章　関所

一

　麹町《こうじまち》五丁目にある岩城升屋《いわきますや》は、日本橋《にほんばし》の越後屋《えちごや》と肩を並べるほどの大商家である。ともに「現金掛け値なし」の看板を掲げているが、じつは大坂にある岩城升屋の本店のほうが先にその看板を掛けたという説もある。

　京都室町《むろまち》二条《にじょう》にも出店《でだな》のある大呉服商で、江戸においては「升屋」と縮めて呼ぶことが多い。その升屋は、いまは本店より江戸店のほうが繁盛を極めている。もっともここ数年飢饉《ききん》がつづき、そのあおりを受けて商売は以前ほど芳《かんば》しくはなかったが、びくともしない店であるのはたしかだ。

　その店の奥座敷で主の九右衛門《きゅうえもん》は髪を結《ゆ》ってもらっていた。夏の日差しはゆるゆると弱くなってきてはいるが、蟬《せみ》の声もかしましい残暑厳しい頃合いである。

「旦那さんのお店は繁盛のし通しで安泰でございますね。わたしもいろいろまわらしていただいておりますが、升屋さんほど賑わっている店はありません。そんなお店を切りまわすのは大変でしょう」

髪結いは話し好きである。この春に贔屓《ひいき》にしていた髪結いが病に倒れたので、その代わりに来てもらっているが、この男のおしゃべりに付き合うのは苦手だった。そうはいっても腕のいい髪結いだから、むげに切り捨てることはできない。

「よくはたらいてくれる奉公人たちのおかげだよ」

「たくさんいらっしゃいますね。番頭さんだけでも四人か五人はいらっしゃるでしょう。それに手代さんときたら何十人もの顔がおありで、小僧さんや女中さんはいったいいかほどいらっしゃるんで……。いえ、前々から気になっていたんでございます」

髪結いは九右衛門の髪を梳《す》きながら口が減らない。

九右衛門は面倒だが、番頭や手代以下五百人ばかりいるだろうかと答える。

「ひょえー」

髪結いは奇異な声を漏らして驚く。

「そんな大店《おおだな》の旦那さんの髪をこうやって結わせていただくわたしは果報者ですね。いやいや、大変なお大尽様でございますよ」

少しは黙って仕事をしてくれないかといいたいが、九右衛門はおとなしく座っている。

下手に口を利くのが面倒なのだ。それに考えていることがある。あるが、髪結いの口が塞がらないので、考えがまとまらない。

髪結いは天気がどうの、あの町のあの店が潰れて、新しく料理屋ができたが、構えだけが立派で中身が伴っていないとか、先日行った某旗本の妾《めかけ》の浮気が知れて刃傷《にんじょう》沙汰が起きたとか、どこそこの悪戯《いたずら》小僧が外堀に死んだ猫を放り投げて、御番所の役人にこっぴどく叱られたなどとつぎつぎと話をする。

「それにしても江戸も落ち着いてまいりましたね。飢饉のしわ寄せがあった一頃に比べると、ずいぶん静かになりました。もっとも日本橋のほうでは大きな打ち壊しがあったようですが、それも片づいて何よりです。元結《もっとい》がきつくありませんか、ゆるくしましょうか？」

「いや、きついほうがよいよ」

「へえへえ、それではさように」

髪結いは仕上げにかかる。かかりながらもその口は止まらない。

「聞いたんでございます。なにせわたしはあちこちをまわりますもので、怖ろしい話を耳にすることがあります。お耳に入っていますでしょうか？」

「なんだね？」

つい、問い返してしまった自分に、九右衛門はしまったと思うが、もう遅い。

「小岩市川《こいわいちかわ》関所というのがあるそうです。江戸から房州《ぼうしゅう》へ行く道筋だと聞いています。わたしは行ったことがないのでよくわかりませんが、その関所で大事《おおごと》が起きたそうなんです」

「大事……？」

「はい、なんでも在から流れてきた浪人たちが暴れて、何人も斬られたという話です。関所役人だけではすまず、十数人の旅人も怪我をしたり殺されたということです。そのなかには子供連れの旅人も、女連れの旅人もいたそうで……むごいことをするやつがいるもんですね」

「それはいつの話だね」

「つい四、五日前のことだと聞きました。そんな怖ろしい浪人が江戸に入り込んだらどうなるんでしょう。ああ、考えただけで怖ろしい。くわばらくわばら」

髪結いはそういって手鏡を差し出し、これでどうでしょうと聞いた。

「うむ。結構な腕前だね。またお願いしますよ」

「こちらこそよろしくお願いいたします」

手間賃を余分に払うと、髪結いはさっさと片付けをして座敷を出て行った。

九右衛門はひとりになって、やっと人心地ついた。

結い終わった髪をそっとさわり、扇子《せんす》を開いて庭を眺めた。ちりんちりんと、軒先の風鈴が鳴る。

「小岩市川の関所で……」

つぶやきを漏らしたのは、髪結いが最後に話したことが気になったからだ。

諸国の飢饉も大分落ち着き、荒れていた田畑も回復し、稲や穀物、青物の育ちも少しずつ以前の水準に戻っていると聞いている。それに、悪行をはたらく者も減ったと聞いていた。

だから九右衛門は〝浪人奉行〟を使うのを、そろそろやめようかと考えていた。また、八雲兼四郎《やくもけんしろう》に「浪人奉行」と名乗らせ、命を張る仕事を押しつけている自分の心にも疑いを持ちはじめていた。

「どうしたものか……」

九右衛門はもう一度つぶやいてから、髪結いのいったことが真実であるかどうかをまずは調べてみようと考えた。

二

「八雲さん、今年最後の西瓜《すいか》になるやもしれません」

井戸に浸けていた西瓜を切った波川十蔵《なみかわじゅうぞう》が、縁側で涼んでいた兼四郎のそばにやって来てどっかと座った。西瓜を載せた俎《まないた》をついと差し出し、「小ぶりですが、味はいいはずです」といってひと切れを取ってかぶりついた。

おお、うまいと頬をほころばせる。

陽気で剽《ひょう》げた男だ。兼四郎もひと切れをつかんで食べた。たしかに小ぶりではあるが、甘みが濃かった。

「もう、夏も終わるな。あと半月もすれば蜩《ひぐらし》の声も絶えるだろう」

兼四郎は庭の木々を眺めながら西瓜を頬張る。

四谷仲町《よつやなかまち》通り、出雲広瀬《いずもひろせ》藩上屋敷に近い住まいであった。麴町の岩城升屋の主・九右衛門が兼四郎のために借りてくれている小さな屋敷だった。

「夏が終わるとなんとなく寂しくなります」

「そう思うか……」

兼四郎は口についた西瓜の汁を手でぬぐって十蔵を見る。

「秋は日が短くなるし、冬に向かって寒くなるではありませぬか。木の葉も落ち、野に咲く花も少なくなります。昔から秋になると、寂しさが募るんです。なぜだかわかりませんが……」

十蔵は自嘲《じちょう》の笑みを浮かべる。

「おぬしには似合わぬ湿っぽいことを……。それにしても月日のたつのは早いものだ。おぬしと再会してもう一年になる」

兼四郎は西瓜の種をぷっと吹いた。

「そうですね。もうそうなりますね」

十蔵も西瓜の種を庭に吹く。

「ですが、八雲さんとまたこうやって過ごせるのは何よりです。まさか、こうなるとは思いもよらぬことでしたから」

十蔵は手拭いで口をぬぐって満足そうな顔をした。

「危ない仕事をずいぶんやらせたが、大過なくやってこられたのはよかった。されど、この先はどうなるかわからぬ」

兼四郎も口をぬぐって茜色に染まりつつある空を眺めた。

十蔵と再会をして早一年が過ぎようとしている。その間に、十蔵を仲間に引き入れ〝浪人奉行〟の助をさせてきた。最初は蕨宿《わらびしゅく》にあらわれた賊の始末だった。大《おお》そのつぎは東海道筋を荒らしていた賊を懲《こ》らしめるために大森《おおもり》へ出張った。大山道《やまみち》の先にある用賀《ようが》村では、女盗賊を差配していた雀《すずめ》の権八《ごんぱち》という極悪人仲間を根絶やしにした。

下総《しもうさ》から流れてきた狼藉者五人が砂村新田《すなむらしんでん》にいるとわかると、そこへも飛んで行き、きっちり成敗した。

他にも雑司ヶ谷《ぞうしがや》を根城にして悪行をはたらいていた上州《じょうしゅう》の鬼政《おにまさ》一党を締めあげ、板橋宿《いたばししゅく》を荒らしまわっていた盗賊一味を十条《じゅうじょう》村で一網打尽にした。

「ご心配いりませぬ。わたしは八雲さんについていくと決めているんですから。こうなったら一蓮托生《いちれんたくしょう》だと腹をくくっております」

十蔵は煙草盆《たばこぼん》を引き寄せ、煙管《きせる》に刻みを詰める。憎めぬ男だと、兼四郎は十蔵の横顔を眺める。

「されど、この仕事もいつかはやめなければならぬだろうし、それは近いうちかもしれぬ」

十蔵が煙管を持ったまま、ひょいと顔を向けてくる。日に焼けた浅黒い顔に黒目がちの目があり、形のよい鼻を持っている。なかなかの美男だ。

「もうやめるとおっしゃるので……」

「飢饉は大分収まってきている。在の村に住む百姓たちも、田畑が肥えはじめたので精を出すようになった。それに不行状《ふぎょうじょう》をはたらく者たちは以前ほどではない。食いっぱぐれの浪人や博徒《ばくと》も少なくなった気がする」

「悪いやつは陰に隠れてこそこそやっていますよ。それを見逃すことはありません」

「それは御番所の仕事だ。とくに江戸においては、おれたちの出る幕ではない」

「それはそうでしょうが、町方の目の届かぬ地を避けて悪事をはたらいているやつはいます」

兼四郎はそういう十蔵をまじまじと眺めた。

「何かついていますか？」

十蔵は怪訝《けげん》そうな顔をして、自分の頬を掌《てのひら》で撫でた。

「何もついておらぬ。おぬしはこの仕事が気に入ったか？　命を張る危ない仕事だとわかっていても……」

「そりゃあ、覚悟のうえです。それに実入りがようございます」

兼四郎は首を振った。

「おれは金に釣られてこの仕事を請け負っているのではない。むろん、金は大事ではあるが、弱い者をいじめ甘い汁を吸う悪逆非道の輩《やから》が許せぬからだ。さりとてお上から命じられた仕事ではない。言葉は悪いが、あくまでも升屋の意に服《まつろ》うているだけだ」

「ま、そうかもしれませんが……」

「物事には潮時というものがある。いつまでも升屋に使われているわけにはいかぬ。升屋もその辺のことを薄々考えているはずだ」

「升屋がですか……」

十蔵は目をしばたたく。

「うむ。升屋は大商人だ。馬鹿ではない。いつまでもおれたちを使うとはかぎらぬし、一生面倒を見る気でもなかろう。むろん、おれもこの先ずっと世話になろうとは思っておらぬ」

「ま、それはわかります」

十蔵は声を落として、考える目つきになった。

「いずれ終わりはくる。だが、十蔵」

「はい」

「この仕事で命を落としてはならぬぞ。命を粗末にしてはならぬ。万が一のことがあっても、おれはおぬしを必ず守る」

「わたしも八雲さんに何かあれば体を張って守ります」

「嬉しいことをいいやがる。ともあれ、お互いに命だけは大切にしなければならぬ」

「悪党に命をやりたくはありませんからね」

そういう十蔵の目が心なし赤くなっていた。恥ずかしそうに視線を逸らすと、

「やはり、八雲さんに会えてよかった」

と、低声《こごえ》を漏らした。

そのとき玄関に訪《おとな》う声があった。定次《さだじ》だとすぐにわかった。

「あ、わたしが……」

そういって玄関に向かう十蔵は、腕で目をしごいていた。

三

「髪結いがさようなことを申したか……」

栖岸院《せいがんいん》の住職・隆観《りゅうかん》はそうつぶやいて、目の前に座っている九右衛門を眺めた。

母屋である庫裏《くり》奥の座敷だった。

「それで気になりまして調べましたら、まことにさような忌《い》まわしいことが起きていました。もっとも髪結いのいったことには少なからず尾鰭《おひれ》がついていましたが、わたしはいたいけな子供とその母親が殺されたと知り、胸を痛めております」

九右衛門はそういって虚《むな》しいため息を漏らした。自分の店で殺された奉公人たちのことと、小岩市川の関所で殺された者たちのことがどうしても重なるのだ。

「そなたのやさしき心のうちは、わたしにもよくわかる。それで、いかがする？浪人奉行の出番を考えているのかね」

九右衛門は一度表に目を向けた。広縁の先に白砂利の敷かれた庭があり、枝振りのよい松と楓《かえで》が傾く日の光を受けて影を落としている。境内は静かな蜩の声に包まれていた。

「升屋さん、何か迷いでもあるのかね……」

九右衛門は和尚に顔を向けた。隆観は半白髪の眉を動かし、油でも塗ったように光っている禿頭《とくとう》を扇子で小さくたたいた。

「じつは迷いがあります。わたしは身内のように可愛がっていた奉公人を失った悲しみを忘れたわけではありませんが、その弔い合戦でもあるまいし、浪人奉行を使って在方に蟠踞《ばんきょ》する悪党を懲らしめてきましたが、もうそろそろ潮時ではないかと考えています」

「ふむ」

「浪人奉行にはたらいてもらうのは、いまさら申すまでもなく、御番所の手の届かぬところで悪事をはたらく者たちの成敗でございました。八雲様たちは命を張ってその〝仕事〟をこなしてくださいました。だからといって、わたしの店で殺された奉公人たちの魂が浮かばれるとは思えなくなりました。むろん、慈悲もなく人を殺《あや》め、汗水流してはたらいた金を奪い取る悪党たちから、少しでも守ってやりたいという思いもあったのはたしか。八雲様たちのはたらきで、さような悲劇を少なくできたのもたしかだと思います」

「八雲殿を焚《た》きつけたのはわたしでもある」

いいえ、と九右衛門は首を振った。

「わたしが和尚様にいらぬ相談をしたからでございましょう」

「すると、そなたは浪人奉行の役目を終わりにしたいと考えておるのかの。ま、それはそれで致し方ないことではあろう」

「いたずらに命を粗末にさせているのではないかと思うのです。八雲様はたしかに剣の練達者でしょうが、いつどうなるかわからぬ命です。八雲様の助をする波川十蔵様然り、定次然りでございます。正義の行いだといって命を落とされたら、またわたしは苦しまなければなりません」

九右衛門の脳裏に、自分の店に押し入った盗賊たちに殺された奉公人たちの顔が浮かぶ。

犠牲になったのは二人の手代と二人の女中、そしてまだ若い丁稚《でっち》小僧の三人だった。女中には夫と子供がいた。手代には妻と子があった。そして小僧には親兄弟がいた。

殺された七人の悲しみは九右衛門だけのものではない。殺された家族の心痛ははかりしれない。

「升屋さん……」

「はい」

九右衛門は隆観をまっすぐ見た。日の翳《かげ》った表と同じように座敷のなかはうす暗くなっていた。いつしか蜩の声も少なくなっている。

「そなたの迷いは相わかった。至極もっともであろう。されど、関所を荒らした賊のことを聞いた手前、引っ込みのつかぬ心持ちになっておる」

九右衛門はうすい眉の下にある目をくわっとみはった。

「はじめあれば終わりがある。それは道理だ。人は生まれたら必ず死ぬ。抗ってもどうしようもないこと。けじめをつけるときが来たのではなかろうか」

「……」

「おのれの心に素直になりなさい。迷うことはない。そして、新たにけじめをつける。さようにしたらいかがでござろう」

「すると……」

うむと隆観はうなずいた。

九右衛門の迷いが吹っ切れた。隆観和尚に引き止められたら従おうと考えていた。しかし、そのときには九右衛門の心の奥底に、髪結いから聞いた惨事が澱《おり》のように溜まったままになるだろうと危惧《きぐ》していた。

「これをかぎりに八雲様にはたらいてもらいたく存じます。そのことをはっきり申しあげ、そのうえで慰労の金をおわたしします」

「それはわたしにいうことではなかろう。八雲殿と波川殿、そして定次にいうべきことだ」

「はは、たしかにそうでございますね」

九右衛門は自嘲の笑みを浮かべて、盆の窪をたたいた。

「それにしても拙僧も坊主らしからぬことを押しつけたものだ。浪人奉行などというありもしない騙《かた》りの役目を考えた。とんだ悪僧じゃわい」

隆観は、はっはっはと短く笑ってからすぐに真顔になり、

「月かげの　いたらぬさとは　なけれども　ながむる人の　心にぞすむ」

と、和歌を詠んだ。九右衛門は目をしばたたいた。

「それはいかような……？」

「法然《ほうねん》和尚が詠まれた歌だ。阿弥陀仏《あみだぶつ》の救いは誰にでも向けられている。されど、それを信じる者だけが、その慈悲に与《あずか》れるということだ。歌のとおりに考えれば、月の光はどこにでも届いている。されども、それを眺める者だけが美しい

と感じられるということであろうが、法然和尚は奥の深い歌を詠まれた」

九右衛門は心のうちで、聞いたばかりの法然の和歌を繰り返し、自分のことに置き換えた。

おのれのいたらなさは、それを眺める者にしかわからぬ、と。さらに置き換えれば、悪逆非道の凶賊には、おのれの行いは見えないが、傍で見る者にはその善悪がよくわかるということであろうか。

九右衛門は勝手な解釈をして、そのことを口にした。

「いかようにも汲み取れる見事な和歌でござるな」

隆観は福相に笑みを浮かべた。

四

昨日の夕刻に西瓜を持って遊びに来た定次が、兼四郎と十蔵が朝餉《あさげ》を終えたときに再びやって来た。

「また西瓜を持ってきたのではなかろうな」

十蔵が冗談交じりにいうと、

「昨日のはもう食べましたか？　だったらまたお持ちしますよ」

と、定次が真顔で答える。

「どうした? 今日は暇なのか。こんな時分に来るなんてめずらしいではないか」

兼四郎は爪楊枝《つまようじ》をくわえて茶の間から出た。

「へえ、うちの旦那からの言付けがあるんです。今日の昼ですが、店のほうで食事をするので来てもらいたいとのことです」

定次は兼四郎と十蔵を交互に見ていった。

「ほう、昼飯をね……」

つぶやく兼四郎は、こんなことは滅多にないから、おそらく九右衛門に何か考えがあるのだろうと推量した。新たな仕事か、それとも他のことかと考える。しかし、仕事の話はこれまで栖岸院で隆観和尚を交えてやってきた。

「なんでも大事な相談があるそうで……」

「何の話だろう?」

「気になって訊ねたんですが、あとで話すといわれましてね。いかがされます? 都合がつかないんでしたら夜でもよいといっていますが……」

「都合なんてないさ。このところ手持ち無沙汰なのだ。昼餉を馳走してくれるなら喜んで行くさ」

十蔵が答えて、ねえ八雲さん、と顔を向けてくる。兼四郎は暗にうなずいた。

「では、さように伝えておきます」

定次はそのまま帰って行った。

「升屋のことだから、豪勢な懐石でも用意してくれるのではないですかね」

十蔵は座敷にどっかり腰を下ろし、団扇《うちわ》をあおぐ。

「飯はともあれ、話が気になる。ひょっとすると……」

「なんです？」

十蔵が顔を向けてくる。

「うむ。そろそろおれたちにまかせている仕事を、やめたいと考えているのかもしれぬ」

「急な話なら困りますね」

「升屋はおれたちが困るようなことは考えぬはずだが、いつやめるといいだしても不思議はない。そのことは前から覚悟していることだ」

「しかし……」

「まあ、飯を食いに行けばわかることだ」

楽な着流し姿で家を出た兼四郎と十蔵は、ちょうど九つ（正午）の鐘が空をわたったときに升屋の暖簾《のれん》をくぐった。

帳場の奥にいた定次がすぐにやって来て、

「お待ちしていました。どうぞ奥に」

といって、案内に立った。

二十畳はあろうかという表座敷には、十人ほどの客がいてそれぞれに手代が応対にあたっていた。寸法を測っている者、帯を物色している客、反物を眺めている客などとそれぞれだった。客は近所の商家の者もいれば武家の奥方らしき婦人の姿もあった。相変わらずの繁盛ぶりだ。

廊下を右に左にと折れ、庭に面した広縁のある奥座敷に行くと、そこに九右衛門が待っていた。四人分の折敷《おしき》が並べてあり、それに蒲焼きの皿が載せられていた。

「ほう、鰻《うなぎ》か」

十蔵が涎《よだれ》を垂らしそうな顔でいって腰を下ろした。

「わざわざご足労いただき恐縮です」

九右衛門は両手をついて頭を下げた。座敷には鰻の匂いが漂っていた。

「何でも相談があるということだが……」

兼四郎は九右衛門を眺める。ゆで卵のようにつるんとした顔にある細い目が、いつになくかたい。

「はい。それは追々、お話しいたします。まずは冷めないうちに、お召し上がりくださいまし」

そういって九右衛門が食事を勧めた。蒲焼きから立ちのぼる匂いが食欲をそそる。

「四谷《よつや》の松葉屋《まつばや》さんの鰻ですから悪くないはずです」

九右衛門は高級な鰻屋の名を口にして、箸を取った。

しばらくみんなは鰻に舌鼓《したつづみ》を打った。静かな風鈴の音に蜩の声が重なった。

芙蓉《ふよう》の花や百日紅《さるすべり》の赤い花が咲いている庭から、風が流れ込んでくる。

「じつはうちに通ってくる髪結いから聞いた話がありまして……」

九右衛門が頃合いを見計らって口を開いた。兼四郎は鰻を食しながら顔を向ける。

「このことは昨日、隆観和尚様にもご相談したのですが、じつは江戸から房州へ行く途中に小岩市川関所がございます。この関所の近くで旅人が襲われ、止めに入った関所役人も斬られたり怪我をするということがありました。関所は道中奉行の差配ですが、御奉行はおろか、その下役の方も滅多に関所には見えないそうで、始末に手こずっているそうでございます」

「いったい幾人が斬られたのだ？」

十蔵が聞いた。

「はっきりした数はわかっていませんが、旅人の女や子供も斬られたり怪我をしたらしいのです」

「それはひどい」

十蔵は顔をしかめ、鰻を食べ終えたらしく箸を置いて、茶をすすった。

「気がかりなのはその賊たちが姿を消していることです」

「それは逃げたということだろうが、人数は？」

「それも五人とか十人と、はっきりいたしておりません」

「厄介であるな。するとその関所に行って調べるしかないということか」

「さようなことになりますが、その前に……」

言葉を切った九右衛門は小さな空咳《からせき》をして、兼四郎と十蔵を眺めた。その目つきが卑屈そうに見えたので、兼四郎は眉宇《びう》をひそめた。

「その、わたしはこれまで八雲様に無理なことを頼んでまいりました。いつ命を落とすかもしれない危ない仕事を押しつけました。これ以上の無理を頼んでよいものか、ずいぶん悩みました」

兼四郎は静かな眼差しを九右衛門に向ける。この先に九右衛門が何をいいだすのか、おおよその見当はついた。だが、黙って耳を傾けた。

「しかしながら髪結いの話を聞いてどうにもじっとしておれなくなり、和尚様に相談いたしましたところ、これを最後の仕事と思い請けてもらったらいかがであろうかという話になりました。むろん、危険の伴う仕事ですから、無理は申せません。関所で厄介を起こした賊が江戸市中に入ってくれば、御番所が動きましょう」

「升屋、おぬしはその賊が市中に入ってくるのではないかと危惧《きぐ》している。それだけはどうにか避けたい。だからおれたちにもうひとはたらきしてもらいたいと、さように考えている」

兼四郎はまっすぐに九右衛門を見据えた。ついいましがた九右衛門のいった「これを最後の仕事と思い」という言葉が耳朶《じだ》に残っている。

「おっしゃるとおりでございます」

九右衛門は汗も浮かんでいないのに、額を手拭いで押さえた。

「おれはこれまで、浪人奉行の仕事を怖れたことはない。むしろ胸を躍らせて取り組んでまいった。升屋、おれたちの身を案じてくれるその気持ちは嬉しいが、気に病むことではない。おぬしがやれといえば、おれたちは進んでやる」

九右衛門の悩ましげな顔を見ると、そういってやるほかなかった。

「そうおっしゃっていただくと気が楽になります」

「これが最後の仕事と申したな」

「はい。このあたりで浪人奉行の仕事は、打ち止めにしたいと考えています」

九右衛門はよほどの覚悟をもって話したのだろう。いった矢先に胸をなで下ろした。兼四郎は九右衛門の思いやりだと思った。気のやさしい男だというのはわかっていた。殺された七人の奉公人たちの供養を忘れず、栖岸院には供養塔まで建てている。

「重々承知した」

「手前勝手なことを申しまして、どうかお許しください」

「懸念に及ばず。いつかこのときが来るのはわかっていた。礼を申さなければならぬのはおれたちのほうだ。散々世話になってきたからな」

「そこまでおっしゃると、返す言葉がございません。では、請けてくださるのですね」

「むろん」

九右衛門はやっと安堵《あんど》の色を浮かべた。

五

「八雲さん、定次が調べてくるといっていましたが、まかせておいてよいものでしょうか。なんならわたしが聞き調べてもよいですが……」

座敷で旅支度をしながら十蔵が顔を向けてくる。

「案ずることはない。定次はそういったことに長けた男だ。きっちり調べてくるだろう」

兼四郎は予備の草鞋《わらじ》を振り分け荷物に入れながら応じた。手甲脚絆《てっこうきゃはん》に野袴《のばかま》に打裂羽織《ぶっさきばおり》という装束に着替えていた。

定次は事件の起きた小岩市川関所までの道順を調べていた。同関所までは千住《せんじゅ》宿《しゅく》から約三里一町の距離だ。日本橋から約五里九町だというのはわかっていた。

しかし、経路がいくつかあるらしい。小網町《こあみちょう》から行徳船《ぎょうとくぶね》を使うこともでき、本所竪川《ほんじょたてかわ》の通りを行き、亀戸村《かめいど》と西小松川村《にしこまつがわ》を結ぶ逆井《さかさい》の渡しを使う道もあるという。

「升屋はこの仕事を無事に終えることができたら、褒美をはずむといっていましたね。いったいいかほどくれるつもりですかね」

十蔵は羽織の紐を結びながら顔を向けてくる。これまで浪人奉行の仕事に対する報償は、最初が二十両、そして三十両と変わってきた。二日で終わろうが、半月かかろうが、それは同じだった。もっとも路銀や賊探索にかかる費《つい》えは別である。

兼四郎は金のためにやっているのではないが、少ないより多いほうがよい。それに助をする十蔵や定次も実入りは多いほうがよいに決まっている。さりながら、今度の仕事で終わりとなれば、升屋九右衛門は相応のことを考えてくれているはずだ。

報償金について兼四郎は、一度も文句をいったり注文をつけたりしたことはない。第一に九右衛門が吝嗇家《りんしょくか》ではないということだ。

「それにしても昨日の鰻は旨《うも》うございました。いま思い出しても涎が出そうです」

十蔵は他愛ないことをいって、勝手に笑った。

支度を終えた兼四郎は玄関の上がり口に腰を下ろし、草鞋の紐をきつく締めた。表は残暑が厳しい。少なくなりはしたが、蟬の声も絶えてはいなかった。

（賊が十人なら少々厄介であるな）

玄関先の柊《ひいらぎ》の木を見て思った。まずは賊の人数を調べなければならない。こちらは三人といっても、いざとなったら定次に斬り合いはさせないので、相手をするのは二人だ。

他にも考えなければならないことがある。賊がどこへ行ったかだ。江戸に向かったのなら、問題の関所に行くのは徒労になる。それでも賊が関所でどんな騒ぎを起こしたのかは調べなければならない。

「定次の野郎、遅いな」

台所で水甕《みずがめ》の水を飲みながら十蔵が顔を向けてくる。

「じきに来るだろう。慌てることはない」

兼四郎がそういったとき、表に足音がして定次がやって来た。

「遅くなりました」

手に風呂敷包みを提げた定次が挨拶をしてきた。

「いかがする？　どの道を使うか決めたか？」

「へえ、昨日も舟を使うか、竪川の通りを行って中川《なかがわ》をわたるのがよいかと申しましたが、旦那のお考えを聞いてからにしたいと思います」

「うむ。おれもあれこれ考えたのだ。楽をするなら行徳船を使ったほうがよいだろうが、賊がどこから来てどこへ消えたかわからぬなら、千住から水戸街道を経て佐倉道《さくらみち》を使ったほうが常道のような気がする。途中で出会うということもあろう」

「あっしもそう考えていたんです。波川さんはいかがでしょう？」

定次は十蔵に訊ねた。

「おれはどっちでもよい。八雲さんが千住へ行くとおっしゃるなら、それに従うまでよ」

「ならば千住からということで……」

定次はそういってから、昼飯用のにぎり飯を持ってきたと風呂敷を掲げた。

「ありがたい」

「それから路銀を預かってまいりました。手形もこのとおり……」

定次はそつがない。

兼四郎は定次の差し出す財布と手形を受け取り、懐にしまった。十蔵も手形を受け取り、

「ご苦労であったな」

と、定次を労《ねぎら》う。

「では、まいるか」

兼四郎の声でみんなは表の道に出て、まずは千住宿を目指した。

「騒ぎのあった関所あたりは道中奉行が差配していると店の旦那はいいましたが、関東郡代《ぐんだい》の持ち場でもあります。知らせは郡代屋敷に届いているはずですから、調べが入っていると思います」

定次が歩きながら話す。

「まさか代官が出張りはしないだろう。調べをするなら、代官の手付だ。それもおざなりに決まっておる。これまでもそうであったではないか」

十蔵が言葉を返す。これまで天領での騒ぎを落着させてきたので、そのことはよくわかっていた。関東郡代をはじめ諸国にある代官所が、厳しい警察権を行使することはほとんどない。最大の役目が幕府直轄領の農政にあるからだ。そのた

め出納《すいとう》に重きが置かれ、年貢の査定と収納にいそしんでいる。灌漑《かんがい》や治水、あるいは一揆などの取締りも行うが、やはり年貢収納が第一義だ。

「だとすれば、賊のことはほとんどわかっていないかもしれませんね」

定次が十蔵に応じて腰に差している棍棒《こんぼう》をしごいた。定次は元は町奉行所同心の小者を務めていた。そのときは十手を預かっていただろうが、いまは兼四郎の助だ。棍棒は十手代わりだった。それでも赤樫《いちい》でできた棍棒は十手同等の威力がある。

上野《うえの》から下谷《したや》金杉《かなすぎ》を抜け、千住宿のはじまりである小塚原町《こづかっぱらまち》に着いたのは、四谷の自宅屋敷を出てほぼ一刻（約二時間）後のことだった。

三人は千住大橋手前の茶屋で一休みをした。もうここは江戸の郊外で、旅人の姿を多く見るようになっている。橋をわたれば町奉行所の管轄をすっかり離れる。

「関所には日の暮れ前には着くでしょうが、それから江戸には戻ってこれないでしょうから、宿を取らなければなりません。旅籠《はたご》なんてあるんでしょうかね」

十蔵が茶を飲みながら疑問を口にする。

「関所は小岩村と江戸川を挟んだ市川を繋いでいるらしいので、木賃宿《きちんやど》ぐらいあるでしょう。その前に亀有《かめあり》から新宿《にいじゅく》の渡しを使って中川を越えます。対岸の新宿はなかなか繁盛している宿場だという話です」

答えるのは定次だ。

「ほう、よく知っておるな」

十蔵が感心する。

「なんでも新宿は、水戸《みと》と佐倉に向かう道が枝分かれするところらしいです」

「ならば旅籠ぐらいあろう。それも飯盛《めしも》りばかりだったりしてな」

十蔵はそういって下卑《げび》た笑いをした。

「ま、行けばどんなところかわかるだろう。まいるか」

兼四郎は床几《しょうぎ》に湯呑みを置いて立ちあがった。

六

小岩市川関所の番頭・田中忠左衛門《たなかちゅうざえもん》は、薄暗い番所の文机《ふづくえ》の前で小さな吐息を漏らした。

関東郡代に報告すべき書状を書き終えたところだった。

（これでひと区切りついた）

そんな思いがあった。忠左衛門は関所のある伊与田《いよだ》村の名士である。名士といっても村名主《むらなぬし》に毛が生えたような者で、そのじつ百姓だ。それでも関東郡代からお役を授かり、関所の責任者になっている。

本来なら関東郡代・伊奈摂津守忠尊《いなせっつのかみただたか》から幕臣の手付が派遣されて、その手付の行う役目だ。だが、小岩市川関所は小さな関所なので、数代前から田中家に管理が委ねられている。

詰めているのは田中忠左衛門の他に定番人二人、足軽が二人、そして中間一人。都合六人である。定番人は侍であるべきだが、剣術に覚えのある村の者が雇われている。いずれも百姓の次男三男坊だ。足軽も中間も似たり寄ったりの者たちだった。

要するに関所役人としての体裁を整えているだけである。

それでも番所のなかには弓・鉄砲・槍が常備されているほかに、戸口脇には通行人を威嚇する刺股《さすまた》・突棒《つくぼう》・袖搦《そでがらみ》が置かれている。しかし、満足に使える者はいない。

忠左衛門がほっとひと息ついたのは、十日ほど前にこの関所で起こった騒動がひとまず片づいたからだった。もっとも騒動を起こした狼藉者の行方はまったくわからない。

騒動で残ったのは、五人の死体だけだった。殺されたのは旅の母娘と二人の行商人だった。くわえて関所詰めの足軽がひとり斬られて死に、ひとりが腕を斬られて怪我をしていた。足軽の補充はすぐに行ったが、その後は不逞《ふてい》の浪人や見るからに人相風体のよくない旅侍がやってくるたびに戦々恐々としている。

手形をあらためる段になると、心中で「つるかめつるかめ」とまじないを唱えて無事を祈る。

「お頭、舟がやって来ます」

忠左衛門が書状を封に入れたとき、勘吾《かんご》という定番が戸口にあらわれた。

「舟ならいつものことだ」

「それが妙な侍が乗っているんです。また悪さする旅の浪人じゃねえだろうか……」

勘吾は顔をこわばらせている。関所のすぐそばには、伊与田村と市川村を結ぶ渡しがある。

「旅の浪人……」

忠左衛門は尻を浮かし、そしてそのまま立ちあがると、番所の表に出た。定番の二人と足軽と中間が、市川村からやってくる渡し舟を見ている。

「まさか、この前のような浪人では……」

忠左衛門はやってくる舟に目を注いだ。褌《ふんどし》一丁で棹《さお》を持つ船頭の渡し舟は、中川をゆっくり進んでくる。舟には四人の侍が乗っている。揃ったように道中《どうちゅう》笠《がさ》を被っていた。

対岸の市川河岸には葛西舟《かさいぶね》と呼んだり肥舟《こえぶね》と呼んだりする、糞尿を運ぶ舟の他に江戸に米や野菜などを津出しする舟があるが、やってくるのは渡し舟である。

その舟は川幅約八十間のなかほどまで来ていた。

舟客の侍は異様に見える。この時期は参勤交代の大名家の往来がないので気が楽だが、先日の騒動以来、怪しげな侍の乗った渡し舟を見ると心の臓が縮まりそうになる。

「みんな、得物を持つんだ」

忠左衛門は指図をすると、急いで番所に戻り、刀を腰に差し、表にとって返した。

渡し舟は桟橋に近づいてきた。乗っている侍の顔は道中笠の陰になっていてはっきりしない。目がぎらついているように見える。身なりは旅の浪人の体《てい》だ。

「気をつけるのだ」

忠左衛門は手下の者に注意を与える。定番の二人は腰に刀を差している。足軽は突棒を持っている。雑用をこなすしか能のない中間だけが、ぼうっとした顔で突っ立っていた。

やがて舟が桟橋について、四人の浪人が道に上がってきた。忠左衛門たちを一《いち》瞥《べつ》し、関所になっている番所へ歩いてくる。

四人とも旅姿だ。打裂羽織に野袴、手甲脚絆。道中合羽《どうちゆうがつぱ》と振り分け荷物を肩にかけていた。四人の旅侍は高札をちらりと見やり、忠左衛門たちのほうへ歩いてきた。

「関所改めでござる」

忠左衛門は背筋を伸ばし威厳をもっていう。面倒事はごめんだと、胸のうちで思う。

「手形を……」

通行手形を求めると、四人はそれぞれに懐から出して見せた。

「あやしい者ではない。公用にて江戸にまいるところだ」

身丈の高い侍がそういって忠左衛門を見た。その人相は悪くない。手形には大《おお》河内松平《こうちまつだいら》家の御朱印があった。

忠左衛門は内心でほっとした。譜代大名家・大多喜《おおたき》藩の家臣だった。よく見れば、他の三人は供侍と中間だった。

「どうぞ、お通りくだされ」

相手が大名家の御家来でも忠左衛門はへりくだらない。あくまでも関所役人としての威厳を保たなければならぬと、肝に銘じている。内心はどきどきなのであるが、この辺は気持ちを踏ん張らせる。

「騒ぎがあったそうであるな?」

先に手形を見せてくれた長岡作右衛門《ながおかさくえもん》という侍が声をかけてきた。どうやら大多喜藩にも先の騒動は伝わっているようだ。もしや、大多喜藩の浪人たちだったのではないかと、忠左衛門は頭の隅で考えたが、そのことは口にせず、

「はは、狼藉をはたらかれ大変な目にあいました」

と、無難に答えた。

「その一件片づいたのであろうか?」

「狼藉者たちの行方は不明でありまするが、さしあたって殺された者たちのことは片づき申した」

「ご苦労でござる」

長岡という侍は、「では」といって連れている者たちに目配せをして歩き去った。

その一行を見送った忠左衛門は、大きく息を吐き出し、胸を撫で下ろした。

「怪しい侍が来ると、気が気でないわ。やれやれ」

七

木村七兵衛《きむらしちべえ》は臑《すね》の血を吸った蚊を叩きつぶし、顎《あご》をあげ首のあたりをぼりぼりかいた。無精ひげに被《おお》われた顔は真っ黒に焼け、胸といわず尻のあたりといわず、蚤《のみ》か虱《しらみ》に食われつづけている。

「ここはたまらん。もっとましな家はなかったのか」

体のあちこちをかきまくって、盗んできた西瓜にかぶりついている篠崎源三《しのざきげんぞう》をにらむように見た。

「探したけどなかっただろう。あきらめるこった」

源三は西瓜の種をぷっぷっと吐き飛ばす。

「なんでおめえは虫に食われねえ。よっぽど血がまずいんだろうな」

「おめえさんは酒ばかり飲んでるからだ。虫も酒が好きなんだろう」

源三はそういって欠けた歯を見せてガハハと笑った。

「ちっ……」

七兵衛は舌打ちをして戸口を出た。目の前に田畑が広がっている。青い稲田が風に吹かれて波のように動いていた。そのうえを燕《つばめ》が舞い交っていた。夕暮れになると蜻蛉《とんぼ》が畦道を飛び、くわえて小虫も雲霞《うんか》のように飛ぶ。

七兵衛はぱちんと、腕に吸いついた蚊をたたいて、くそと吐き捨てる。腰に大小を差しているが、数物《かずもの》で手入れもろくにしていない。それでも一応は侍の身なりだ。草鞋の代わりにちびた藁草履《わらぞうり》を突っかけていた。

「どうするか……」

七兵衛は西にまわりはじめた日を眩《まぶ》しそうに見あげた。いつまでもここに居坐っていても埒《らち》が明かない。それでも役人の動きが気になる。

小岩市川の関所で騒ぎを起こしたせいだ。まさか、あんなことになるとは思ってもみなかった。

百助《ひゃくすけ》が旅の行商をからかったのが発端だった。相手は百助が侍だとわかっていても食ってかかってきた。

（相手も相手だったが、百助も百助だ）

いまさらながらあきれてしまう七兵衛は、首を振ってため息をつく。だが、もう取り返しはつかない。

そろそろほとぼりが冷めるのではないかと思い、無精ひげの生えた顎をなぞる。

七兵衛は足軽だった。いっしょにいる者たちも同じ足軽である。飢饉のはじまる前まで藩は年に金五両二人扶持《ぶち》を支給してくれていた。ところが飢饉によって領内の年貢収益が減ってくると四両二人扶持になり、さらに三両一人扶持に減らされた。

年の扶持が三両一分の三品侍《さんぴんざむらい》と同じになったといってよかった。ただでさえ安い俸禄《ほうろく》で仕えていたのに、それはないだろうと腹を立てたのはいうまでもない。

かといって手に職があるわけでもなし、知行地があるわけでもなし、安い給金を甘んじて受け入れ足軽身分を守るというのが、大方の足軽だった。

だが、七兵衛は我慢ならなかった。足軽は一応武士ではあるが、最下級の身分だ。やることといえば門番だけだった。いざ戦が起きれば先頭を切って敵に突き進む雑兵《ぞうひょう》だ。だが、戦のない天下泰平の世にそんな役目などなかった。せいぜいお殿様が鷹狩りを行うときに、藪《やぶ》のなかに入って獲物を追い出すぐらいだ。上役には顎で使われ、城下では町人たちに虚仮《こけ》にされた。実入りが少ないので妻帯もままならず、生涯独身を通す者も少なくない。

くそ食らえだった。だが、七兵衛は出世の糸口をつかむために剣術に励んだ。藩の試合で勝ち進み、五本の指に入ることができれば、足軽から上の役に就けるからだった。現にそんな男が何人かいた。

（よし、おれも）

と、七兵衛は思い立ち、剣術の稽古に汗を流し、めきめきと腕を上げた。いっしょに出奔《しゅっぽん》した仲間もそうだった。ところがどっこい、出世どころか禄を減らされたのだ。そんな国に仕えることに嫌気がさすのは道理である。

「江戸へ行って一旗揚げるべ」

吉田秀之助《よしだひでのすけ》の言葉に、七兵衛は背中を押された。秀之助は仲間内では一番の練達者だ。江戸で道場を開き、門弟《もんてい》を集めてこれまでの暮らしから抜け出すのだと息巻いた。

七兵衛はすぐに賛同した。

源三も上田百助《うえだ》も六車才蔵《むぐるまさいぞう》も「やろうやろう」と呼応した。

ところが、江戸に行く途中の関所で足止めを食ってしまった。いや、関所は抜けたのだが、人を斬った手前、江戸に入りにくくなった。

いま、七兵衛たちは新宿の外れにいるのだった。そこに留まっているのは、新宿を抜け江戸の郊外にあたる亀有に行くには、新宿の渡しを使わなければならないからだった。

さらに渡し場のそばに高札があり、小岩市川の関所で起きた騒動が書かれていた。

読んだとたん、七兵衛たちは逃げるようにきびすを返したのだった。北東へ一里半ほど行けば松戸宿《まつどしゅく》という道標があったが、江戸とは反対の方角である。かといって引き返すのは躊躇《ためら》われた。そこで、しばし様子を見ようと七兵衛たちは、いまにも朽ち果てそうな空き家を見つけて、そこを塒《ねぐら》にしているのだった。

七兵衛が考えごとをしていると、楢《なら》や櫟《くぬぎ》のある林の先から吉田秀之助が駆けるようにしてやってきた。

「七兵衛、七兵衛」

と、声をかけてくる。

「どうした？」

「あやしいやつが通っている。役人かもしれねえ。渡し場から上がって町で油を売ってるんだ」

新宿はちょっとした宿場で、道が二手にわかれる。一本は水戸方面に、もう一本は七兵衛たちが辿ってきた佐倉道だ。

「様子を見ていると、そいつらは小岩市川の関所への道を聞いていた」

「ほんとか……」

七兵衛は目をまるくして、秀之助を見た。吊り目で頬が削《そ》げている。

「あの関所の騒ぎを調べに来たに違《ちげ》ぇねえ」

「何人だ？」

「三人だ。一人は中間か小者かしれねえが、二人はちゃんとした侍だ。どうする？」

「様子を見るしかあるめえ」

七兵衛がそういったとき、左手の土手から釣竿を肩に掲げ持った上田百助と六車才蔵がやって来た。

「釣れた釣れた。見てくれ、この近くに池がいくつもあるんだ。その池に竿を垂らすとすぐに食いついてきた。ほれ、このとおりだ」

百助が竹笹の串に刺した鯉《こい》と鮒《ふな》を自慢げに見せた。二十尾はありそうだ。

「当分食いっぱぐれねえぞ」

にこにこ顔でいうのは才蔵だった。だが、七兵衛と秀之助の顔を見て、

「なんだ、おっかねえ顔して。何かあったか？」

と、真顔になった。

「役人が宿場に来てんだ。いや、役人かどうかわからねえが、それっぽい侍たちだ」

七兵衛の言葉に百助も笑みを消した。

「おれと秀之助で見てくる。おめえたちはここで待て」

「いや、おれも行くよ」

百助がいえば、才蔵も行くという。

「なら、見つからねえように探ろうじゃねえか」

七兵衛はかたい顔をしたまま応じた。

第二章　道草

一

「どうだ。役人だと思うか？」

七兵衛は佐倉道を東に向かう三人の男たちを見ながらいった。

「話しぶりからそんな気がする。やつらは、関所で狼藉をはたらいた者たちのことを知っているかと聞いていたんだ。そんなことを聞くのは役人だろう」

秀之助は吊り目をみはって答え、

「どうする？　役人が来たんじゃ、この村に長居はできねえぜ」

と、遠ざかる三人の姿を目で追いながら言葉を足した。

「三人だけか？　他に連れはいないようだが……」

六車才蔵が目の前の小枝を折って七兵衛と秀之助を見た。

「やつらが先触れの使者だとするなら、他の捕り方があとから来るのかもしれねえ」

七兵衛はそういいながらも、とんでもないことになっていると胸を騒がせる。出奔したあかつきに罪人として捕らわれたら身も蓋もない。

「おれはそうは思わねえな」

才蔵が知った風な顔でつぶやく。

「だってそうだろう。関所で暴れてからもう十日はたってんだ。江戸から離れているとはいえ、役人の調べが来るのは遅すぎる。聞き調べの詮議《せんぎ》に来ただけじゃねえかな。そんなことはよくあるんだ」

七兵衛はそういう才蔵を見た。才蔵は藩にいたときには門番などの雑役の他に、罪人の拷問役をまかせられていた。小柄で丸顔の剽げた男だが、残虐なことに慣れている。

「そりゃ国許の話だろう。幕府の役人も同じだとはいえぬ」

秀之助が言葉を返した。

「まあ、そうかもしれねえが、たった三人だぜ。大がかりな調べじゃねえのはたしかだろう」

「いずれにしろおれたちが追われていることに変わりはない。渡船場《とせんば》の高札を見ただろう。役人が調べに来たって何の不思議もない」

そんなことを話しているうちに、往還《おうかん》を遠ざかる三人の男たちの姿が見えなくなっていた。

「さっさと江戸に入っちまえばいいんだ。こんなところで道草食うことはねえだろう」

投げやりなことをいうのは上田百助だ。そんな百助を秀之助が鋭くにらんだ。

「なんでえ……」

百助は不服そうに金壺眼《かなつぼまなこ》を光らせる。

「こうなったのはきさまが短気を起こしたからだ。行商に因縁をふっかけたからあんな騒ぎになったんだ」

「おりゃあ、からかっただけだ。何度もいってるだろ。それをあの野郎が口答えしなきゃ、おれは笑ってやり過ごしたんだ」

「されどそうはならなかった。あげく斬り捨てやがった」

「堪忍できなかったからだ」

「やめねえか。いまさらあのことを蒸し返してもどうにもならんのだ」

七兵衛は百助と秀之助を窘《たしな》めて、もう一度往還に目を向け、

「戻ってこれからのことを考えようではないか」

と、言葉を足した。


日は大きく西に傾き、自分たちの影が長くなっていた。往還には蜻蛉が舞い、近くの林で鳴く蜩の声が高くなっていた。

周囲には青々とした稲田が広がっており、畦道の脇の水路がちょろちょろと水音を立てていた。数年前には見られなかった風景だ。ここまでやってくる間にも、田畑が生き返ったというのを目のあたりにしていた。飢饉の終焉《しゅうえん》だろう。

新宿から小岩市川の関所まで約一里十八町と聞いていたので、もうそろそろ関所の建物が見えてもよかった。

往還は閑散としていたが、ぽつぽつと百姓家が見えてきた。それからほどなくすると旅籠や料理屋が道の両側に並んでいる。数は多くないが、ちょっとした宿場の体裁を整えている。

「間に合いますかね」

定次が声をかけてくる。関所は明け六つ（午前六時）に開けられ、暮れ六つ（午後六時）には閉まる。それはどこの関所でも同じだった。

「心配はいらぬさ。日の暮れまでまだ間がある」

十蔵が西の山端に差しかかっている日を見て応じた。

「それにしても歩きましたね。わたしは途中で一泊してもよいと考えていましたが……」

「まずは関所へ行くのが先だろう」

兼四郎が答えたとき、道の先に関所らしき建物が見えた。葦簀《よしずば》張りの茶屋が一軒その手前にあったが、人のいる気配はなかった。先のほうには日の光を受けた大きな川が流れていた。江戸川である。

「あれがそうだろう」

関所には大きな冠木門《かぶきもん》があり、柵囲いが番所らしき建物のまわりにめぐらしてあった。門そばに槍を持った男が立っていた。その男が兼四郎たちを見て、番所のなかに駆け込むと、すぐに二人の男が表に出てきた。関所役人のようだ。

「待たれよ」

役人との距離が三間ほどになったとき声をかけられた。

「いずこへおいでになる？」

声をかけてきたのは襷掛《たすきが》けに大小を差した侍だ。

「ここへ話を聞きにまいった」

相手はぴくりと眉を動かした。

「話を……。いかな話でござろうか？」

相手はしゃちほこばった応対をするが、様になっていない。おそらく代官所で雇われた役人と思われた。手甲脚絆に草鞋履きに襷掛けはいかにも厳めしいが、気負いが感じられる。

「十日ほど前だと思うが、この関所で騒ぎがあり旅人が殺されたと耳にいたした。じつはその殺された者はそれがしの縁者かもしれぬのだ」

兼四郎は考えてきたことを口にした。

「すると狼藉者を捜しに見えたのであろうか……」

相手は十蔵と定次を眺めて、また兼四郎に視線を戻した。

「詳しい話を伺いたい。それがしは八雲兼四郎と申す。この者は波川十蔵。そして供をしている定次という。そこもとは騒ぎのときにおいでだっただろうか？」

「お役人でござろうか？　代官所から手代の方が見えて話はしてありますが、それから沙汰なしで賊のことは何もわかっておりませぬ。いや、もう日が暮れますゆえ、番所のなかでお話ししましょう」

相手は定番の木村《きむら》勘吾と名乗り、番所内に案内してくれた。

二

番所の戸口を入ったすぐ右側の座敷に肩衣半袴《かたぎぬはんばかま》で座っていたのが、関所の番頭だった。文机の前で肩肘を張って兼四郎たちを探るように見てきた。小鬢《こびん》が白く、髪に霜《しも》を散らした齢五十過ぎに見える男だ。いわゆる関所の責任者だろうが、どこか垢抜けない印象がある。代官所の手付には見えないので、村の名主あたりだろう。

「八雲兼四郎殿……。それで縁者とおっしゃるが……」

田中忠左衛門という番頭は、手形をあらためたあとで探るような目を向けてくる。油断はせぬぞという意気込みが伝わってくる。必死に役目を果たそうと武張《ぶば》っているようだ。

「その前にお訊《たず》ねしたい。賊に殺された行商がいると聞いているが、どこまでわかっていますか。もし間違いであればそれに越したことはないので教えていただきたい」

殺された母娘の縁者といってしまえば、襤褸《ぼろ》が出るので兼四郎は行商人のことを問うた。なぜかといえば、女手形には旅をするその女の素性、旅の目的、行き先をはじめ、髪型や顔や体の特徴が事細かく記載されているからだ。

その点、男の場合は身分を証明する往来手形の検閲のみで事足りる。

「行商人は二人でござった」

忠左衛門はそう答えて、脇に置いてある帳面を文机に置き、指に唾をつけてめくった。

「これだ。二人は江戸神田《かんだ》の三河町《みかわちょう》の足袋股引問屋《たびももひきどんや》、上総屋《かずさや》の文吉《ぶんきち》と伊三次《いさんじ》。えー、歳は二人とも二十五でござった。ご縁のある者でござろうか」

忠左衛門は役目に遺漏《いろう》がないという顔を向けてくる。この仕事に大きな責任を感じているがゆえのことだろうが、問わなくてもいいことをいってくれたので兼四郎にはさいわいであった。

「伊三次はかつてそれがしの屋敷にて奉公していた者だ。やはり、そうであったか。上総屋に奉公にあがったというのは聞いていたが、無念なことだ」

「お気の毒なことでございます」

「して、亡骸はどうなった？」

「まだ暑い時分なので近くの寺で荼毘《だび》に付し、髻《もとどり》を上総屋に送ってあります。そのこと聞いていらっしゃらないので……」

忠左衛門は疑心が勝った目を向けてきた。言葉の端々に細心の注意を払うのは、さすがに関所を預かる男だと感心するが、兼四郎はさらりとかわす。

「上総屋には行っておらぬのだ。行けば詳しい話が聞けたであろうが、知り合いから話を聞くやいなや飛んでまいった次第である」

「ご苦労なことでございます」

「何故、さような騒動になったのだ。賊は十人だと聞いておるが……」

「十人……いや五人の旅の侍でございますよ」

「五人であったか……」

やはり事件には尾鰭がついているようだ。

「騒ぎが起きたのは五人の侍が、この関所を通ってすぐのことでございました。その一部始終を見ていたのは、これにいます小池新吉《こいけしんきち》でござる。新吉、あのときのことを話して進ぜよ」

小池新吉はぺこりと頭を下げ、手にしていた槍を壁に立てかけてから話してくれた。

五人の侍たちは二艘《そう》の舟で市川からやって来て関所を通っていった。その前に関所を通った旅の母娘と、行商人二人が先の茶屋で休んでいた。

五人の旅侍は茶屋で休んでいた者に声をかけて通り過ぎようとした。すると、突然一人の侍が振り返り、茶屋にいた男をにらんで声を荒らげ、それに行商の一人が立ちあがって言葉を返した。

関所の門前で眺めていた新吉には何をいったのか聞こえなかったが、侍はいきり立った顔で刀を抜くなり行商人をばっさり斬り捨てた。

そのことで茶屋にいた者たちが、蜘蛛《くも》の子を散らすように通りに出てきた。新吉はいきなり目の先で起きた刃傷に驚いたが、関所役人として騒ぎを収拾すべく、助を頼むために番所に飛び込んで仲間の足軽と茶屋に駆けた。ところが戻ってみると、旅の母娘と斬られた行商人の連れも路上に倒れていた。

茶屋の主が、あの侍が殺したと騒ぐので、新吉は仲間の惣兵衛《そうべえ》と五人の侍を追っていった。五人の侍は待てといっても止まらないし、逃げるように足を速めていた。

「拙者は惣兵衛と駆けて行き、関所に戻り騒ぎの仔細を調べるので、ついて来てくれと頼みましたが聞く耳は持っていません。武士を愚弄したから斬ったまでで、自分たちに非はないといいます。さりながらそのまま捨て置くわけにはいきません。ついてこいといえば、その必要はない、自分たちは急いでいるといい張る。ちょいとした問答になり、惣兵衛が力ずくでも関所に連れ戻すといきり立ち、刀を抜きますれば、相手も刀を抜いて斬りかかってきました。拙者は恐れをなして下がりましたが、惣兵衛は一刀のもとに斬られて倒れました。拙者はこれは大変なことになったと思い、後じさって逃げようとしたところを詰めてきた侍に腕を斬られたものの、必死に駆けて逃げた次第です」

新吉はせっかちなのか、ずいぶんな早口で話した。

「すると、何故、茶屋で揉め事が起きたのだろうか？」

「茶屋の親父が申すには、侍が行商人をからかったらしいのです。行商人は何か気になることをいわれたらしく、殺された伊三次か文吉かわかりませんが、侍だからといって威張って馬鹿にするなといい返したのです。そのことに相手の侍が頭に血を上らせたということでした」

「そばにいた母娘はなぜ斬られたのだ」

「母親のほうが侍を非難したのです。人殺し、代官所に訴える、人を殺して逃げるとは卑怯とか、そのようなことをいって咎《とが》めたのです」

「それで斬られたのか。その母娘の身許は？」

「佐倉城下にある鍵屋《かぎや》という瀬戸物問屋の女房とその娘でござった」

答えたのは番頭の忠左衛門だった。先刻は肩肘を張っていたが、兼四郎に気を許したのか、わずかに和らいだ顔になっていた。

「それにしても非道な行いであるな」

「まったくでござる」

「五人の賊は人殺しをしたばかりでなく、金を盗んだという話を聞いておるが……」

「いえ、盗みはやっておりませぬ。そうであるな」

忠左衛門は確認するように新吉を見た。新吉は盗みはしていないと答えた。やはり、話には尾鰭がついていたようだ。

兼四郎は五人の侍の名前と特徴などを聞いたが、新吉はよく覚えていなかった。他の関所詰めの者も曖昧《あいまい》な記憶しかないようで、自信のない顔をした。関所での調べは侍の場合はおざなりだ。手形を提示されてもろくに見もせず通すことが多い。

「それでその五人はいずこへ去った?」

「新宿のほうへ去りました。わかっているのはそれだけで、行き先はわかりませんレ
新吉が答えた。兼四郎は十蔵と顔を見合わせ、あきれ顔をしてから、

「騒ぎがあったのは朝方だったのだろうか、それとも昼だっただろうか?」

と問うた。

「日の暮れ前です。渡船は七つ半(午後五時)が仕舞いで、五人はその舟で関所にやって来ましたので……」

「するとその日最後の渡船だったのだな」

これは大事なことだ。兼四郎は胸のうちでつぶやく。

「それで八雲様はその五人を追うつもりでございまするか?」

忠左衛門が顔を向けてきた。

「伊三次の敵《かたき》を討たねばならぬ。そうでもしなければ、伊三次もその連れの文吉も、この関所の惣兵衛も、さらには母娘の魂も浮かばれまい」

「おっしゃるとおりでございます。代官所からは手代が来ただけで、おざなりの

調べをして帰ってしまい、五人を追うとか捕まえるとか、さような手立てはしておりませぬ。殺された者たちの無念を晴らさなければならぬのに……」

忠左衛門は深いため息を漏らした。

「八雲さん、いかがします」

十蔵が聞いてきた。

「もう日が暮れる。この近くに宿を取ろう」

三

関所から西へ戻ったところに数軒の旅籠と料理屋などがあった。間《あい》の宿《しゅく》といった按配《あんばい》のところだ。

兼四郎たちが草鞋を脱いだのは、客間が五つしかない旅籠だった。それでも女中たちの応対は丁寧で悪くなかった。もっとも、四十に手が届こうかというしわ深い女だけであったが。

「それにしても関所での八雲さんのやり取りには舌を巻きました。あの関所役人はすっかり話してくれましたからね」

楽な着流しになった十蔵は、胡坐《あぐら》をかいて茶に口をつけた。

「嘘も方便であろうが、うまく聞き出せた。しかし五人の男たちは盗みをやっていなかった。女子供を含めて五人を斬って立ち去っている」

「新宿のほうへ行ったということでしたが……」

定次が行灯《あんどん》の位置を変えていった。

「追わなければならぬが、相手の名も顔もわからぬ。それが厄介だ。捜すのは容易《たやす》くない」

「五人は市川から渡し舟でこっちに来ています。船頭が何か覚えているかもしれません。それに市川のほうには茶屋もあります。舟待ちの間にその茶屋で休んでいれば、茶屋の者が覚えているかもしれません」

兼四郎は感心顔で定次を見た。

「そうだな。明日、向こう河岸へわたり、船頭と茶屋への聞き調べをするか」

「その五人、どこから来てどこへ行くつもりだったのでしょう？　どこかの家中の者なら捜せたとしても面倒になりませぬか……」

十蔵が気になることを口にした。たしかに大名家の家来なら下手に手は出せない。関所の役人らに、自分たちに非はないといっている。

つまり、非は盾突いた行商の伊三次か文吉にもあるかもしれない。さりながら、五人の侍は騒ぎ立てた母娘を斬っている。それは許せる所業ではない。

「そこの関所を使う大名家は少なくないはずです。水戸家をはじめ、両の手では足りぬ大名家が使うのではありませんか」

「たとえそうだとしても、捜さなければならぬ。それがおれたちの役目だ」

そのとき廊下に女中が跪《ひざまず》いて、夕餉の支度ができたと知らせに来た。

夕餉の膳部には南瓜《かぼちゃ》と茄子の煮物に焼いた秋刀魚《さんま》の開き、そして納豆と漬物が載っていた。田舎の旅籠にしては十分な料理だ。

十蔵が給仕をする女中に、関所の近くで起きた騒ぎのことを聞けば、

「知っています。でも、見たわけではないのでよくわからないんです。お侍が関所の役人と、旅の人たちを斬って逃げたというのはあとで知ったんです。怖ろしいことです。そんな物騒なことはないんですよ。やっと飢饉が収まってきた矢先なのに、不吉なことはつづくもんですね。お武家様たちはそんな怖いことはなさいませんよね」

「おいおい、おれたちがそんな悪党に見えるか？」

十蔵が笑いながら言えば、女中は顔の前で手を振って、「見えません見えませんん」と慌てたように言葉を返した。

「それでどちらへ旅をされるんですか？」

女中は話し好きのようだ。日に焼けた顔はしわ深く、髪には艶《つや》がない。女中仕事のないときは畑仕事をしているのだろう。

「そこの関所に来ただけだ。明日は市川にわたってみるが、すぐに引き返すつもりだ」

「するとお役人様ですか。あの人殺しのことをお調べにでも見えたのですか？」

「まあ、そんなもんだ。この旅籠でその件に詳しい者はいないか？」

「騒ぎを見たという人はいませんけど、ちょいと聞いてまいりましょうか」

女中はそういって席を外したが、ほどなくして戻ってきた。

「やっぱり見たという人はいませんでした。関所の近くの茶屋で起きたといいますから、茶屋のおじさんとおばさんならわかるかもしれません」

その茶屋は兼四郎たちが関所を出たときには閉まっていた。

「ならば、明日にでも訪ねてみるか……お代わりを」

十蔵が茶碗を差し出すと、たくさん食べてくださいと女中はにこやかな顔でいう。

翌朝、兼四郎たちは騒ぎの起きた茶屋を訪ねた。

その茶屋を商っているのは、共に半白髪の年寄り夫婦だった。

だが、二人ともなぜ侍が行商の旅人を斬り捨てたか、その詳しい経緯は知らなかった。

「わたしが茶を淹《い》れに奥へ行ったほんのちょっとの間に起きたんです。殺された行商の人がお侍に向かって、短く罵《ののし》ったのは聞いています。馬鹿にするなとか、侍だからといって威張るなとか、そんなことをいったように聞こえました。きっとお侍の気に障ることをいわれたのでしょう。悲鳴が聞こえたのはそのすぐあとのことで、わたしと亭主が表を見ると、旅の母親が訴えるとか人でなしとかそんなことをいわれたんです。それではばっさりでした」

「相手は娘まで斬っているが、それはどうしたわけだ？」

「さあ、それはわたしには……」

女房はわからないというふうに首を振って、目をしばたたいて兼四郎を見る。

「客は他にもいたようだが、その者たちはいかがしたのだ？」

「行商の人が斬られたときに、飛び出して行かれました。おかげでお代をもらい損ねているんです」

亭主が答えた。

五人の人相や年恰好を聞いたが、亭主も女房も突然の凶事に気が動顚《どうてん》したらしくよく覚えていないと言った。

茶屋をあとにして関所に行くと、冠木門の前に立っていた男が先に挨拶をしてきた。昨日話を聞いた足軽の小池新吉だった。手形などあらためもせず、

「まだ何かお話でも……」

と、いう。

「うむ。向こう河岸にわたって話を聞こうと思ってな。五人を乗せた船頭が顔を覚えていたり、話を聞いているかもしれぬし、舟待ちの間に立ち寄った茶屋があるかもしれぬ」

「それはよいお考えです。何かわかることを祈ります」

新吉は協力的だ。自分も斬られて怪我をしているし、仲間の足軽も殺されているから堪忍ならぬのだろう。

「いま舟が出るところです。お乗り下さいませ」

兼四郎たちは渡し舟に向かった。

四

舟はゆっくり市川河岸を目指した。江戸川の流れは穏やかで、川面は空に浮かぶ雲を映し取っていた。舟客は兼四郎たち三人の他に二人いた。二人は近在の者らしく、脇に空籠《からかご》を置いていた。一目で侍とわかる兼四郎と十蔵に遠慮してか、その二人は畏まって座り黙り込んでいた。

川の中ほどまで舟が進んだとき、十蔵がその二人に声をかけた。

「近くの村の者か？」

「へえ、さいです。市川に野菜の買い付けに行くんです。あっしらは御番所町で飯屋をやっている者です」

「御番所町……」

「関所の近くにある町です。町といっても数軒の旅籠と飯屋があるぐらいのもんですが……」

昨夜泊まった旅籠のあたりを、御番所町と呼ぶらしい。

「関所で騒ぎがあったのは知っているな」

「へえ、もっぱらの噂になっておりました。おっかないことです」

答えるのは三十半ばに見える小柄で痩せた男だった。

「その騒ぎで人を斬ったのは五人の侍だったようだが、顔を見ておらぬか」

飯屋の男は見ていないと首を振る。連れの男も話を聞いただけで、姿も見なかったと答えた。

「もしやお武家様はそのことをお調べに見えたんでしょうか？」

「さようだ。放っておけぬことだからな」

「捕まえてもらわないと、どんな災《わざわ》いが起こるかわかりませんからね」

十蔵が他愛ない話をするうちに舟は市川河岸に着いた。舟着場のそばには三軒の茶屋があった。舟待ち客を当て込んだ店だ。その他に船頭の番小屋があった。

兼四郎は先に番小屋を訪ねて、

「この前のことだが、関所で人を斬った侍五人を乗せた船頭はおらぬか？」

と聞いた。

すると煙草を喫《の》んでいた船頭が腰掛けから立ちあがって、

「あっしです」

という。

「その者たちの顔を覚えておらぬか。もしくは話を聞いてはおらぬか。どんな小さなことでもよいから覚えていたら教えてもらいたい」

「あの侍たちは一言もしゃべりませんでした。薄気味悪かったんでよく覚えていますが、顔ははっきりとは覚えちゃいません。ただ、みんな三十過ぎぐらいでしたか。一人はひげの剃り痕が青々していましたね。一人は痩せていまして、身丈が六尺はあろうかという侍でした。あとの侍はあまり覚えちゃいません。なにせ黙りこくっていたんで、下手に声をかけるとにらまれそうでしたから……」

川をわたったのは無駄ではなかった。五人の侍の一人はひげの剃り痕が青く、一人は痩せていて六尺近い身丈だったというのがわかった。

それから茶屋をあたると、案の定、五人の侍が休んだ店があった。店の者はその五人のことを覚えており、話も聞いていた。

「なんでも江戸に行くとか、道場が云々《うんぬん》という話をしていました。顎のあたりが青々としているお侍が、おぬしは一番の腕達者だから、さしずめ師範をやってもらうとか、そんなことをおっしゃり、その方のことを秀之助と呼んでました」

答えるのは茶屋の亭主で、前垂れを揉むようにつかんで話した。

「秀之助……」

兼四郎は鸚鵡《おうむ》返《がえ》しにつぶやいた。

「どんな人相だった?」

「秀之助と呼ばれた人は背が高《たこ》うございました。六尺はあったような気がします」

船頭から聞いた話をあわせると、身丈の高い男は秀之助というようだ。兼四郎は他の者たちのことも聞いた。

「人相はあまり覚えてませんが、丸顔で小柄な人がいました。それからしゃべると、欠けた前歯が見える人、もう一人は細身で金壺眼っていうんですか、目つきの悪い人がいましたね。あのお侍たちが関所の先で人を殺したと聞いたのでびっくりしたんです。それにしても、調べに見えた代官所の役人は大まかなことを訊ねただけで帰ったと聞きました。もしや、お侍様たちもお役人で……」

亭主は急におどおどした目で、兼四郎と十蔵を交互に見た。

兼四郎は面倒だから「さようだ」と答え、言葉を継いだ。

「おれたちはその五人の侍を追わなければならぬ。その者たちがどこから来たとか、いずこへ行くとか、そんな話をしていなかったか?」

「さあ、どこから見えたかわかりませんが、江戸に行くというような話をされていたはずです」

兼四郎は五人の詳しい人相を知りたかったが、亭主は話した以外のことには首をかしげるだけだった。

念のため他の茶屋も訪ねたが、五人を知っている者はいなかった。

「旦那、ここ市川はちょいとした宿場町のようです。例の五人が通りにある店に立ち寄っているかもしれません。聞き調べをしたらいかがでしょう」

定次は町奉行所同心の小者を務めていただけに気の利いたことをいう。

「念のために調べてみよう」

三人は手分けして市川の通りにある旅籠や料理屋、茶屋などに聞き込みをしていった。だが、新たなことはわからなかった。

再び市川河岸から舟に乗り、伊与田村にある関所側に戻る。

「さて、いかがする？」

兼四郎は関所を通り抜けたところで、十蔵と定次を振り返った。

「聞くだけのことは聞けたような気がします。五人が江戸に向かったのなら、引き返すしかないのではありませんか」

十蔵が答える。

「そうであるな。よし、戻るとするか」

兼四郎は歩き出して空を見あげた。もう昼近くになっていた。

「新宿までいくつかの村があった。その村でも聞き調べをしてみよう」

五人の侍がすでに江戸に入っているなら無駄になるかもしれないが、調べを怠ってあとで悔やむよりはよい。また、些細なことから手掛かりをつかめるかもしれない。

五

蜩の声がやんでくると、すだく虫の声が高まってきた。茜色に染まっていた空はいつしか紫紺《しこん》色になり、薄い雲の向こうに星が浮かんだ。

木村七兵衛はその場しのぎの塒に居坐っていた。昨日、仲間と向後《こうご》のことについて話し合ったが、まとまりがつかなかった。

七兵衛は新宿の渡しをわたって江戸に入るつもりでいたが、高札に自分たちの手配がまわっているのを警戒し、川下に移動して他の渡しを使うことを提案した。

しかし、吉田秀之助が、

「新宿の渡しに高札があるなら、他の渡し場でも同じだろう。くたびれるだけだ」

と、異を唱え、新宿の渡しを使って千住に入ろうと言《げん》を曲げなかった。

葛西舟に乗せてもらったらどうだという話になった。葛西舟は江戸に野菜や五穀を運んでいる。それに便乗しようと、六車才蔵がいった。

よい考えであった。しかし、それも秀之助が茶々を入れてきた。

「葛西舟に触れが出ていたらどうする？　出ていたら無事にはすまぬはずだ。面倒を起こしてまた騒ぎになれば、身動きが取れなくなる」

「金で釣ればいいだけのことだ。金をはずめば文句はいわぬだろう」

上田百助だった。

「そんな金がどこにある？　路銀をけちりながら旅をしているのだ」

七兵衛がいえば、百助は黙り込んだ。

いまさら国許には戻れない。戻れば咎めを受ける。藩は口減らしになったと、内心ほくそ笑んでいるかもしれぬが、そこは藩としての体面があるので、黙って見過ごすことはない。

土浦《つちうら》藩は幕政に参与する大名家。たとえ軽輩の身分であっても、一度に五人の足軽が脱藩したのだ。

足軽なので欠落《かけおち》ということになるが、要は同じことで、捕縛されなくても家禄没収・お家断絶は免れない。家族は縁坐《えんざ》によって領外追放になる。親兄弟がいても、それは覚悟のうえでの欠落なので故郷に向かって手を合わせるしかない。くわえて七兵衛たちは、小岩市川関所で五人を斬殺したお尋ね者になっている。

「遠くの村へ行って百姓になるか。おれはそれでもかまわねえが……」

そういったのは篠崎源三だった。相変わらずのお気楽ぶりであるが、これには百助が猛烈に反発した。

「何が百姓になるだ。よくそんなことがいえたもんだ。どこに畑がある田がある。米作の〝こ〟の字も知らねえで百姓になれるものか。たわけが！」

「だったらましなことといってみやがれ。きさまのせいでお尋ね者になったんだ。おめえがあそこで旅人を斬らなきゃ、いま頃は江戸でのんびりできていたんだ。何がたわけだ。このうつけが！」

百助はその言葉に腹を立てて源三に組みついた。七兵衛は二人を引き離して窘めなければならなかった。

結局、話し合いはそれで打ち切りになり、

「まあ、しばらく様子を見ようじゃないか。ここにいても不自由はしていないんだ」

と、才蔵がその場を収めた。

しかし、そのあとで七兵衛は不自由をしていると、とくとくと才蔵にいい聞かせた。

要は金がないのだ。手許不如意《てもとふにょい》になっているので、ろくなものを食えていない。

蚊遣《かや》りを使いたいが、近くで拾ってきた杉の葉で代用していた。そのせいであばら家のなかは煙たくてしようがなく、髪の毛にはその臭いが染みついていた。さらに蚤か虱か壁蝨《だに》がいて、体のあちこちが痒《かゆ》くてしょうがない。

「遅いな……」

柱にもたれて寝ていた吉田秀之助が、思い出したように目を開けてつぶやいた。

そういえば遅いと、七兵衛も戸口の外を見た。いつしか日が暮れ、暗くなっていた。家のなかには行灯がないので、切り詰めた金で買ってきた蠟燭《ろうそく》の灯りだけだ。それも今夜使い切ればなくなる。

遅いと気にするのは、町の様子見がてら食い物を仕入れに行っている百助と才蔵の帰りであった。日の暮れ前に出かけたのに、それからたっぷり一刻はたっている。

「腹が減ったたな。何か作るか……」

源三がやおら腰をあげて台所に行ったが、

「米がなかったんだな」

と、上がり框《がまち》にへたり込むように腰を下ろした。

「近所の畑へ行って何か取ってくるか……」

源三はそういうが、近所の畑はずいぶん荒らしている。そのうち持ち主の百姓が騒ぎ立てるかもしれない。畑には南瓜や茄子や胡瓜があった。

それだけでは腹の足しにはならない。百助と才蔵が近所の池で釣ってきた魚も、すべて食い尽くしていた。

「このままでは中川を渡れたとしても楽ではないな。先立つものがなければ生きてはいけねえ」

戸口に立って表を見ていた秀之助が、深刻そうな顔を七兵衛に振り向けた。その顔は黒く翳っていて、わずかに蠟燭の灯りを受けているだけだ。

「金を作る算段を考えりゃいいんだ」

源三だった。七兵衛は源三をにらんだ。源三は考えなしのことを口にする。たしかに金を作る手立てを考えなければならぬが、その術《すべ》がいまはない。

「どんな算段がある？　少しは考えてものをいっているのだろうな。思いつきで口を利くばかりが能ではないだろう」

嫌みを含めていってやると、源三は欠けた前歯をのぞかせてにやりと笑った。

「追《お》い剝《は》ぎをやるんだよ。それで小金は稼げる。表の往還を旅人が行き来しているだろう。あれを狙うんだ。どうせおれたちゃ、お尋ね者だ」

七兵衛は秀之助と顔を見合わせた。貧すれば鈍するというが、いまはまさにその状況だった。

「わからねえようにやっちまえば、二、三日は騒ぎ立てられねえ。その間におれたちはとんずらだ」

そういってから、「やっぺやっぺ、やっぺえよ」と、百姓町人が使うお国訛《なま》りで付け足した。

そのとき表から足音が近づいてきて、戸口に才蔵と百助が立った。

「金を作ることにした」

いったのは百助だった。七兵衛は眉宇を動かした。

「質屋がある。押し込んで金をぶんどる」

才蔵だった。

「なに」

七兵衛は二人をにらんだ。

「盗人《ぬすっと》をやるんだ」

百助が躊躇いもなくいった。

六

乏しい蠟燭の灯りのなかで七兵衛は、百助と才蔵の言い条《いじょう》を聞いた。

「こんなあばら家にいつまでいる気だ。七兵衛はああだこうだと様子を見るというが、このままでは埒が明かねえだろう。金もない食い物もない。野垂れ死にするつもりなら、それはそれでいいだろうが、おれは真っ平ごめんだ」

百助は金壺眼を光らせていう。

「おれもこんなところにいるのは我慢ならん。明日にでも江戸に入りたい。江戸はもう目と鼻の先なんだ。それなのに、川の手前で気の小さい馬みたいに足踏みだ。金さえありゃどうにかなる。舟を使い、一気に川を下って江戸に入るんだ」

才蔵は丸顔のなかにある小粒な目を精いっぱい見開いて仲間を眺めた。七兵衛は首を振って才蔵を眺めた。普段は剽げた男だが、顔に似合わぬ冷徹な一面を持っている。昔は気の弱い男だったが、残酷な一面を見せるようになったのは、拷問役を請け負わされてからだ。

「おい百助、おぬしはおれたちに盗人になれと申すか。こういう羽目になったのはきさまのせいなのだ。そのことを忘れたわけではねえだろう。きさまがあの行商を斬りさえしなければ、こんなに窮することはなかったのだ。そのあげく、盗人になろうとぬかしやがる。まったくきさまはとんだたわけだ」

秀之助は削げた頬をさすりながら、百助と才蔵を射殺すようににらむ。

「盗人でもやるしかなかんべ」

いったのは篠崎源三だった。七兵衛は源三を見た。

「おりゃあ腹が減っちまって、二、三日もすりゃその辺でおっ死《ち》んじまうんじゃねえかと心配でならねえ。飯が食えるんだったら、盗みでも何でもやってやるさ。腹が減ってくたばりそうになった体じゃ、何もできねえ。そうじゃねえか。七兵衛、この際堅いことといいっこなしだ。おりゃあ、才蔵と百助の話に乗るぜ」

「てめえ、それでも武士の端くれか」

秀之助がいきり立って、源三の胸ぐらをつかんだ。

「ああ端くれだ。端くれも端くれ、足軽の三一《さんぴん》だ。おれたちゃ侍とは名ばかり。藩でどんなことをやってきた？　小間使いじゃねえか。いいように使われ、陰で馬鹿にされ、あげくもらうもんは雀の涙。満足な暮らしができねえから、野良仕事もやった。隠れて商家の掛け取りもやった。そんなのが侍といえるか。端くれ侍なら、いっそのこと刀も身分も捨てたいと思ったことは数え切れねえ。貧乏には嫌気がさしちまってるんだ。うんざりだ。江戸で一旗揚げるというからついてきたが、こんなところでくたばっちまったら身も蓋もねえだろう」

まくし立てた源三は、秀之助の手をゆっくり払った。

七兵衛はたしかにそうだと思った。源三のいうことは間違っていない。だが、盗人になることには抵抗がある。それでも金は必要だ。金がないから身動きできないのはたしかだ。背に腹は代えられない、と胸のうちでつぶやき、

「質屋に押し込むといったな」

と、百助と才蔵を眺めた。口を開いたのは才蔵だった。

「中宿《なかしゅく》の外れに成田屋《なりたや》という質屋がある。この界隈《かいわい》では悪名高い質屋のようだ。

まあ、立ち話を聞いたんだが、又一《またいち》という成田屋の主は金の亡者で利子を払わねえと、札付きの悪を使って掛け取りをするばかりじゃねえ。千住に飯盛りを送る女衒《ぜげん》仕事もやっているって噂だ。だからしこたま金を貯め込んでいるらしい」

質屋は質物を預かって金を貸す商売だ。だが、それは小金に過ぎない。しかし、女衒仕事をやっているというのはいただけない。

「まあ、いかほど貯め込んでいるかしらねえが、聞いた話じゃ、ときどき村の娘が質物になるらしい。その行き先が千住あたりの飯盛り宿だ。まあ、娘を質物扱いして成田屋に送り込む親も親だが、おりゃあ聞いていて胸くそが悪くなった」

「そんな悪党の質屋なら懲らしめの意味も含めて、あぶく銭をちょいともらい受けても罰《ばち》はあたらねえと思うんだ」

百助が言葉を添えた。

話を聞いた七兵衛は心を動かしていた。悪銭を稼ぐ質屋に押し入って懲らしめるのは悪くない。それに、この先金は必要だ。悪事をはたらくことになるが、相手が女衒まがいの悪党の質屋ならこの際やってもよいかもしれない。何しろ稼ぎ口がないし、追われる身になっている。

「どう思う……」

七兵衛は源三と秀之助を見た。

「おい、食い物はどうした？ 食い物を取りに行ったんじゃねえのか。腹が減っておれの腹の虫が鳴きやまねえんだ」

源三だった。とんちんかんなことを口走った源三に、みんなは苦笑いをした。

「いまはそんな話はしてねえだろう」

七兵衛が窘めると、

「質屋でもなんでもいいから押し入っちまって、飯が食えるならおれはやるぜ」

と、やる気を見せた。

「女衒仕事をやっているなら許せねえ」

物堅いことをいうかと思ったら、秀之助は安直に乗り気の顔だ。

「七兵衛、あんたはどうする？」

秀之助に聞かれた七兵衛は、

「その質屋は中宿の外れにあるといったな」

と、百助と才蔵を見た。

新宿は新宿町とも呼ぶが、大きく上宿《かみしゆく》・中宿・下宿《しもしゆく》にわかれている。亀有から新宿の渡しを使ってあがったところが上宿でその南が中宿だ。中宿の南の外れで町は鉤《かぎ》の手に曲がり、通りは東へ進み追分《おいわけ》で、水戸へ繋がる道と佐倉道に枝分かれする。

「まずは様子を見に行ってみようじゃねえか。それからどうやって押し入るか策を練ればいいだろう」

七兵衛はそういった手前後に引けなくなった。

「ならば、おれが先に見に行ってこよう。百助、案内しろ」

秀之助は刀を引き寄せて、百助をうながした。

「待て、おれも行こう」

七兵衛が腰をあげようとすると、秀之助が制した。

「こういったことは目立たねえようにやったほうがいい。まずはおれと百助で行ってくる」

秀之助が百助と出ていこうとすると、源三が呼び止めた。

「なんだ?」

「食い物があったら都合してきてくれ。腹が減ってかなわん」

源三はげんなりした顔を秀之助に向けていった。

七

「お世話になりました。どうぞたんと召しあがってください」

留蔵《とめぞう》の女房・おくりが煮染《にし》めを盛った丼《どんぶり》を差し出した。その他に夏野菜の漬物があり、濁酒《どぶろく》も振る舞ってくれた。煮染めには鶏の肉が入っていて、見るだけでいかにもうまそうだ。

「おお、これはなかなかいける。こんなうまいものを食えるとは思いもよらぬことだ」

煮染めに箸をつけた十蔵は、その味に感激した。濁酒は苦手だが、味は悪くない。

定次は下戸《げこ》なので黙々と飯を頬張っていた。

「とんだ道草になりましたが、こういうもてなしを受けるとは思いもいたさぬことで、まあ人助けをしたのですから悪くないでしょう」

十蔵はぐびりと濁酒をあおり、静かに箸を進める兼四郎を眺めた。

三人は昼過ぎに関所のある伊与田村を発ち、小岩田《こいわた》村、上小岩《かみこいわ》村と過ぎ、鎌倉《かまくら》新田《しんでん》村の外れに来たとき、往還に倒れている百姓に遭遇した。

倒れていたのは留蔵で、そのそばでおろおろしていたのが、女房のおくりだった。黙って通り過ぎるわけにはいかないので、兼四郎たちは留蔵の容態を見て、これは放っておけば死に至ると危惧した。

兼四郎が家はどこだと聞けば、すぐ先の曲金村《まがりがね》だとおくりが答えた。ならば家まで、亭主の留蔵を運ぼうということになった。

留蔵とおくりは荷車を曳《ひ》いていた。二人は茄子と漬菜・鶏十五羽・濁酒二斗を、小岩市川関所の近くにある御番所町の料理屋と旅籠に届けての帰りだった。

留蔵夫婦は無事に商いを終え一安心していたのだが、道の途中で空の荷車を曳いていた留蔵がばったり倒れて意識を失ってしまった。

そこへ兼四郎たちが通りがかって、留蔵の面倒を見たのだった。介抱をするうちに日が暮れてしまい、どうしようか迷っていると、汚くて狭い家だけど泊まっていけと、盛んにいうおくりの勧めに甘えたのだった。

「やっぱり、暑気中《あた》りだったんでしょうか？」

おくりが心配そうに奥の座敷に寝ている亭主を眺める。

「おそらくそうだろう。熱が下がったので一晩寝れば明日の朝は治っているはずだ。さほど心配することはない」

兼四郎はおくりを安心させるようなことをいうと、立ちあがって留蔵の様子を見に行った。十蔵は濁酒に口をつけながら、兼四郎の親切心に感心する。

倒れていた留蔵を見たときは、これは命が危ないのではないかと、十蔵は心配した。道に倒れていた留蔵は口から泡を噴き、両足を痙攣《けいれん》させていた。頬をたたいても声をかけても応じず、意識を失っていた。

だが、兼四郎は落ち着いた対応をし、留蔵を荷車に乗せて家まで送り届けてやろうといった。十蔵と定次がその荷車を曳く間にも、兼四郎は留蔵の口に水を含ませたり、日の光があたらないように自分の羽織を使って陰を作ったりした。

家に連れ帰ると、横にならせて団扇を使って体を冷やしてやり、何度も口に水を含ませた。留蔵が意識を取り戻したときには、もう日が暮れようとしていた。

「まだ、起きないほうがよい。一晩体を休めたら明日の朝は治っているだろうが、無理はするな」

兼四郎が留蔵の枕許で窘めた。

「お武家様にご迷惑をかけちまって申しわけないです」

留蔵はかすれた声で兼四郎に詫びた。

「おくり、八雲様があおっしゃっている。心配はいらぬ」

十蔵がいうと、おくりはほんとうに助かりましたと、小さな体を折って頭を下げる。四十過ぎの痩せた小柄な女だった。留蔵も小柄で痩せた男だった。

「子供はいないのか？」

十蔵は煮染めをつまんで聞く。

「娘がいますが、千住の旅籠にはたらきに出ております。跡継ぎの倅がいたんですが、去年の夏にぽっくり死んでしまいました」

「それは気の毒な。何故死んでしまったのだ？」

おくりはつぶらな目をしょぼつかせて、それがわからない、今日の留蔵のように野良仕事に出て死んだといった。

「ですから亭主も倅のように死んじまうんじゃないかと、さっきまで……」

おくりは涙目になって、隣の座敷に寝ている亭主を眺めた。枕許にいた兼四郎がゆっくり立ち上がって戻ってきた。

「おくり、もう心配はいらぬ。明日の朝は元気に仕事ができよう」

そういう兼四郎に、おくりは畏まって頭を下げた。

「それにしても飢饉が収まったからか、このあたりの村もずいぶんよくなったのではないか……」

十蔵は暇にあかせておくりに聞く。

「へえ、ようやく田も畑も生き返りました。飢饉のときにはどうなるかわからず、村を捨てていった百姓が何人もいます。この近くの百姓も三人ばかり欠落しました。そのお陰といえばなんですが、うちは田と畑をもらい受けましてね」

飢饉の影響を受けた田畑は作物が取れなくなった。百姓たちはそれでも年貢を納めなければならない。だが、ない袖は振れないので、土地を捨てて逃げ出す百姓たちは少なくなかった。留蔵夫婦は辛抱して荒れた土地にしがみついていたから、逃げた百姓たちの土地をもらい受け、以前より豊かになったのかもしれない。

「それは何よりではないか」

「田畑が増えると仕事も増えます。倅が死んじまったんで、亭主がその分はたらいていますが、無理をしているのはわかります」

「おまえさんとて、無理をしているのではないか。娘を呼んだらどうだ？」

「それは……できないことです」

おくりはうつむく。十蔵は口減らしのために、娘を飯盛りにさせたのではないかと思った。そういうことはめずらしくない。十蔵は余計なことを聞いてしまったと思い、濁酒をあおった。

「おれたちは五人の侍を追っているのだが、見かけてはおらぬか？」

十蔵は気まずさを隠すために他のことを聞いた。

「ひょっとして関所で人を殺したっていう侍たちですか？」

どうやらその騒ぎはこの村にも伝わっているようだ。

「さようだ」

「するとお武家様たちはお役人様で……」

おくりはつぶらな目をみはった。

「まあ、そんなもんだ。なんとしてでも捕まえなければならぬ」

「わたしゃ見てませんが、五人の侍が急ぎ足で新宿のほうに行ったのを見たという人がいます」

濁酒に口をつけた兼四郎が、おくりに顔を向けた。

「見たというのはこの村の百姓か？」

十蔵は問いを重ねる。

「すぐ近所の秋助《あきすけ》という百姓です。顔は見えなかったけど、あれがそうだったのではないかといっていました」

顔を見ていれば、その百姓に会って話を聞こうと考えたが、どうやら無駄のようだ。

「八雲さん、明日はどこまで行きます？」

十蔵は兼四郎に問うた。

「まずは新宿だ。そのあとのことは、明日の調べ次第で考える」

兼四郎はそう答えて、おくりに飯をくれるかと所望した。

八

七兵衛たちは夜の闇に溶け込んで新宿の通りを歩いていた。すでにどの商家も戸を閉《た》ててひっそり静まっている。風は木々の葉をさざめかせているが、聞こえるのはすだく虫の声だけである。夜空には雲が散っており、月影はその雲に隠れておぼろだ。

追分から下宿に入った七兵衛たちは、才蔵と百助の先導で成田屋という質屋を目指していた。七兵衛の心には引けるものはあるが、こうなったら仲間の考えに反対することはできない。

相手はあこぎな商売をやり、女衒まがいの仕事もしている町の嫌われ者だ。心を鬼にして押し込み、多少の金子《きんす》を頂戴する。成田屋は下宿の西外れ、中宿の南外れにあった。

宿役人のいる問屋場は渡し場に近い上宿にある。店から問屋場までは二町ばかり離れている。しくじって騒ぎになったとしても、宿役人が駆けつけてくる前に逃げることはできる。

（それにしても盗人をやるようになっちまったか……）

七兵衛の心には軽い後悔があったが、こうなったからにはいただけるだけの金をもらってしまえという開き直りもあった。

成田屋の近くまできて、先導役の百助と才蔵が立ち止まって振り返った。

「裏にまわる。表には源三、おまえが見張りに立つんだ。何かあったら裏に走ってこい」

才蔵が指図すると、源三はわかったというようにうなずき、

「何か食いもんがあったら持ってきてくれ」

と、低声で両手を合わせる。まったくこんなときに食い物かとあきれるが、七兵衛は黙って見守った。

みんな手拭いで頰《ほ》っ被《かむ》りしているので目だけしか見えない。

才蔵が脇道を辿って店の裏にまわった。当然戸は閉まっている。

七兵衛はごくりと固唾を呑み、

「起きていたらどうする？」

と、やる気満々の才蔵を見る。

「そのときはそのときだ」

才蔵は刀を抜いて戸に手をかけた。開かない。だが、わずかな隙間がある。暗がりのなかでその隙間を探り、刀の小柄《こづか》を抜いて差し込み、上下に動かした。

息を詰めて見守る七兵衛は、才蔵はこういう盗人をやったことがあるのではないかと思った。やることが手慣れている。

「外れた」

才蔵はささやき声でいって仲間を振り返った。その目が楽しげに笑っているように見えたのは、錯覚かと七兵衛は思った。すぐに才蔵は勝手口の戸をゆっくり開いた。

「おれが寝間を探ってくる。おまえたちは控えておれ」

百助が家のなかに入った。

店は表のほうだから、そこは台所か居間のはずだ。膝を折って小腰をかがめている七兵衛は、隣にいる秀之助と一度顔を見交わした。闇に慣れた目は、相手の表情をわずかに読み取れる。秀之助はかたい表情をしている。おそらく自分もそうだと七兵衛は思った。

近くの草叢《くさむら》で虫たちが鳴いている。それ以外に物音はほとんどしなかった。

しばらくして百助が戻ってきた。顎をしゃくって、

「入っていいぜ。もう騒がれはしねえ」

と、さっきよりはっきりした声でいった。七兵衛はぎょっとなって百助を見た。

「騒がれないとはどういうことだ?」

「眠ってもらっただけだ。早くやっちまおう」

そのまま百助は家の奥に消える。才蔵があとにつづき、七兵衛、秀之助とつづいた。

百助が蠟燭に火をつけ、家のなかを照らした。七兵衛も蠟燭をもらい受けて火をつけて家のなかを見まわす。そこは茶の間ですぐそばが台所だ。奥が寝間になっていて、表戸の近くに文机を置いた帳場があった。いくつもの納戸があり、質物が入れられていた。

「金を探すんだ」

そういう百助に、才蔵がこの店の夫婦はどうしたと聞いた。

「亭主は眠らせた。女房には猿ぐつわをかけた」

「猿ぐつわだと……生きているのか？」

七兵衛はまたぎょっとなった。

「おい、眠らせたというのはどういうことだ？」

七兵衛は百助をにらんだ。その間に才蔵が奥の間に入って行った。すぐに小さなうめきが聞こえてきた。

「おい、才蔵……」

七兵衛が声をかけると、才蔵が夫婦の寝間らしき部屋から出てきた。

「おれたちゃ顔を見られちゃまずいじゃねえか」

「まさか、殺したんじゃねえだろうな」

才蔵は答える代わりに血に濡れた脇差《わきざし》を鼻の前に掲げた。蠟燭の灯りが血濡れた刀身を照らした。

「きさま……」

七兵衛は怒りに目を吊りあげたが、

「早く、金を探すんだ。さっさとやって、さっさと逃げるしかねえ」

と、才蔵は七兵衛の心中など歯牙《しが》にもかけず帳場のほうへ歩き去った。

「あった。ここだ」

百助がみんなに知らせた。

それは帳場裏の小部屋だった。質物が所狭しと置かれていた。刀もあれば着物もある。その他に櫛笄《くしこうがい》、帯に鋏《はさみ》に馬の鞍《くら》。その他にも鍋・行灯・小鼓《こつづみ》・丸火鉢・煙草入れ。

七兵衛が蠟燭だけの灯りでそれらを見ている間に、百助がじゃらじゃらと金の音をさせていた。才蔵が懐に金をしまい、百助と秀之助が手伝っている。

「七兵衛、手伝え」

秀之助に声をかけられた七兵衛がそばに行くと、

「これだけだ。欲をかかずにずらかろう」

と、才蔵はもう盗人まがい——実際そうなっているのだが——の口を利く。

「行くぞ、行くぞ。もういい。この辺でやめておこう」

秀之助が急かし、七兵衛は仲間のあとに従った。

第三章　雷鳴

一

夜明け前の東の空に朱《しゅ》がにじみ、うっすらと明るくなっている。近くの林では鳥たちがさえずりはじめていた。兼四郎は早く床を抜けて、表の庭に立ち空を眺めていた。

東の空から西に目を転じると、まだ群青《ぐんじょう》であった。

さてどうするかと、庭で餌をあさっている鶏を眺める。昨日は思いもよらぬ道草を食う羽目になったが、五人の侍を追わなければならぬ。それも十日以上前に小岩市川の関所を通過した男たちだ。

その五人がいまどこにいるのか皆目わからない。さらに、名前も身分もわからない。浪人かもしれぬし、大名家の家来かもしれない。五人の人相もはっきりしていない。

兼四郎は自分の〝役目〟も考えるが、同時に向後のことへ思いをめぐらす。この一件が落着するかどうかわからぬが、結果はともあれ、これが最後だと升屋と決めてきた。そのことは以前より覚悟のうえだったけれど、向後の身の振り方に迷いがある。

かつて長尾《ながお》道場でともに汗を流した朋輩《ほうばい》の倉持春之助《くらもちはるのすけ》に誘われていることがある。春之助は八王子《はちおうじ》で道場を経営している。兼四郎に手伝ってくれといっているが、安易に身を委ねるには躊躇いがある。

春之助は許してくれたが、彼の妻・咲《さき》と倅の小吉《こきち》を死なせたという負い目は、兼四郎の心の疵《きず》になっている。それは決して癒えはしない。

春之助の厚情に甘えてよいものか……。

兼四郎がそこまで考えて、ふっと息を吐いたとき声がかかった。

「ここでございましたか」

振り返ると、十蔵が立っていた。

「早くに目が覚めてな。顔を洗って考えごとをしていたところだ」

「賊のことですね」

「うむ。わかっていることが少なすぎる。もう五人は江戸に入っているかもしれぬ。もし、そうであればおれたちの仕事は、ここで終わりということになる」

「江戸に入っていれば、御番所に任せるしかないと、さようなことですか」

「大名家の家来衆ならおれたちの出る幕ではない」

「されど、そうだと決めつけるものはありません。まだ調べははじめたばかりですよ」

十蔵は気楽なものいいをしたあとで、顔を洗ってくると、井戸端へ歩いて行った。

兼四郎は十蔵の後ろ姿を眺めながら、あやつのことも考えてやらなければならぬと思った。

家のなかに戻ると、留蔵が座敷口にいて丁重に礼を述べた。お陰で命が助かった。途中からの記憶がなくて、自分でもよくわからず、気づいたときには家の布団に横になっていて、兼四郎たちの手厚い介抱を受け、恐縮するだけですと、痩せた体を米搗き飛蝗《こめつばった》のように折る。

「気にすることはない。顔色もよくなっているではないか」

「へえ、お武家様たちのお陰でございます。飯の支度はすぐできますんで……」

兼四郎が座敷にあがると、おくりがすぐに茶を持ってきた。

「ずいぶん早く起きられましたね。あまり眠れませんでしたか？」

「いやいや、よく眠れたので昨日の疲れはすっかり取れた」

「それはよかったです。いま飯の支度をしますので……」

おくりが台所に戻ると、定次が厠《かわや》から戻ってきた。

「ずいぶん早起きされましたね」

「よく眠れたのでな」

「昨夜寝しなに考えたんですが、五人の侍は夕刻に関所を出ています。とすれば、渡船は日の暮れには止まりますから、新宿の渡しはわたっていないと思うんです。そうなら新宿あたりの旅籠に一泊したんじゃないでしょうか」

「あり得ることだ。飯を食ったら新宿の旅籠をあたってみよう」

兼四郎が答えたとき、十蔵が表から戻ってきた。二人の前に座るなり、

「八雲さん、さっきわかっていることが少ないとおっしゃいましたが、わかっていることはあります」

十蔵はさっぱりした顔で、兼四郎と定次を眺めて言葉を継いだ。

「五人は小岩市川の関所に、最後の舟でやって来ています。ということは、新宿の渡しを同じ日にわたって、江戸に入ることはできなかったはずです」

「いまそのことを話していたんです」

定次が口を挟んだ。

「ふむ。他にもわかっていることがある。五人は江戸に行くようなことを話していた。そして六尺ほど身丈のある男が、道場の師範になるとかならぬとか、そんな話をしていた。その男の名は秀之助だった。そういうことでしたね」

兼四郎はうなずく。定次もうなずく。

「五人の歳はみな三十ぐらい。そして、一人は金壺眼、一人は丸顔の小柄、一人は前歯がない、そして一人はひげ剃りあとが青々としていた。まあ目立つようなことではないかもしれませんが、五人の侍が同じ店や旅籠に入っていれば、さらに詳しいことがわかる気がします」

「たしかにおぬしのいうとおりであろう。定次とも話したのだが、飯を食ったらまずは新宿へ行き、旅籠をあたってみようと思う」

兼四郎は茶に口をつけた。

「五人は新宿に一泊はしているはずです」

定次が言葉を足したとき、留蔵とおくりが飯を運んできた。

「留蔵、昨日はくたばっちまうのではないかと心配したが、今朝はけろっとして元気そうではないか」

十蔵が茶化すようなことをいう。しかし、その言葉に毒は感じられないので、留蔵は苦笑いをしながら、

「みなさんに助けていただいたお陰です。どうぞ、遠慮はいりませんのでたくさん食べてください」

と、飯を勧めた。

半刻（約一時間）後、兼四郎たちは留蔵夫婦に見送られて新宿へ向かった。

すでに日は高くなっていたが、西のほうから雲が迫り出していた。

このあたりはおおむね平坦だが、台地状の低い山があり木々が繁茂《はんも》している。往還の脇にある林には黒松や欅《けやき》、銀杏《いちょう》や楠《くすのき》が目だった。

田に実っている青々とした稲が風を受け、まるで波のようにうねっていた。

三人は水戸街道と佐倉道が分かれる追分に来ると、左へ曲がり下宿に入った。

そこから新宿の町になる。

往還の両側には商家が軒をつらねている。数は少ないが、それでもそば屋・飴

菓子屋・豆腐屋・小物商・桶屋などが見られる。商家と商家の間には、紺屋《こうや》や経師《きょうじ》・傘張《かさはり》などの職人の店もある。

通りには旅人や行商人の姿もあるが、さほどの数ではなかった。下宿の西外れで、道は鉤の手に曲がり、北へ向かい、中宿・上宿となる。ところが、鉤の手に曲がる店の前に七、八人の男たちが集まって深刻な顔をしていた。町役《ちょうやく》らしき男の姿もある。

「いかがした？」

兼四郎は気になって立ち止まった。

男たちがすぐに顔を振り向けてきた。兼四郎の身なりを見ると、

「こ、殺しが起きたんです」

と、一人の男が青い顔で答えた。

二

殺しがあったのは成田屋という質屋で、気づいたのはおすえという通いの女中だった。

「店のなかはあらためたのか？」

兼四郎が問うと、

「いま、名主の庄蔵《しょうぞう》さんが来るんで待っているんです。お武家様は……?」

と、小柄で痩せた男が兼四郎を見て問うた。

「浪人奉行様だ。小岩市川の関所で人を斬った五人の侍を追っている」

即座に答えたのは十蔵だった。

男たちは驚き顔をしたり、救われたといった顔をしたりした。

「それならお奉行様に調べをお願いしたらいいのではないか」

一人の男がそういうと「そうだそうだ」と、他の者たちがうなずく。そこへ、二人の男が駆けつけてきた。一人は顔色《がんしょく》を失っている若い娘を連れていた。

「殺しだっていうから驚いたが、朝っぱらから大変ではないか」

髪の薄い男が近くにきて男たちを眺めた。

「庄蔵さん、こちらは浪人奉行様だ。ちょうどよいから調べてもらったらどうだい。あ、お奉行様、この宿の問屋の庄蔵さんです」

小柄な男に紹介された庄蔵は目をぱちくりさせたあとで小腰を折り、

「調べを手伝っていただけるなら助かります」

といった。

「それはかまわぬが、殺されたのは誰で、何人だ？　そして見つけたのは通いの女中らしいが、その女中はいずこにおる？」

兼四郎はいかにも武家らしい態度と言葉つきで、その場にいる者たちを眺めた。

「これが見つけた女中です。おすえといいます」

おすえは問屋の庄蔵といっしょに来た、もう一人の男が連れている娘だった。まだ十五、六歳ぐらいのあばた面《づら》の女だった。青い顔をして、兼四郎の前に立った。

「見つけたのはいつだ？」

「ついさっきです。わたしが戸の前で何度も声をかけても返事がないので、おかしいと思い、戸を開けようとしても開きません。普段ならとっくに戸は開いているんですけど、今朝は閉まったままでした。旦那とおかみさんは歳だから、もしやと心配になり、裏の勝手口に行きますと、戸が開いたままでした。それで声をかけながら家のなかに入っても返事がありません。でも、家のなかが荒らされていました。帳場も散らかっていたんです」

それで不安になり、主夫婦の寝間に行ったら死んでいる二人を見つけたという。

「死体を見た者はいるか？」

兼四郎はそこにいる者たちを眺めたが、誰も店のなかには入っていないと小柄な男が答えた。

「問屋は庄蔵だったな。いっしょに検分いたす。ついてまいれ」

表戸はおすえが開けていたらしく、兼四郎はそのまま戸を引き開けて店のなかに入った。すぐ入った土間の正面が帳場で、その背後に次之間や納戸があった。

主夫婦の寝間は帳場の奥にある部屋だった。

二つ敷かれた夜具《やぐ》に年寄り夫婦の死体があった。亭主のほうは焦点をなくした両目を見開いたままで、女房のほうは目をつぶっていたが顔が苦痛にゆがんだようになっていた。

女房には猿ぐつわがかけられており、喉をかっ切られていた。亭主は心の臓を一突きされたというのがわかった。

「この店を襲った者を見た者はいないか？」

兼四郎は庄蔵を見た。それは調べないとわからないという。寝間の入り口でおすえが目をみはって、わなわなと肩をふるわせていた。

「旦那、金が盗まれているようです」

定次がやって来て告げた。帳場の金箱《かねばこ》の蓋が開け放しになっているという。

「盗みのために……」

「納戸や簞笥《たんす》も荒らされていますから、賊の目あては金だったんでしょう」

兼四郎はおすえを見て、この店にはいかほどの金があったかと聞いた。

「わたしにはわかりません。でも、旦那さんは景気が悪い、商売あがったりだと、しょっちゅう愚痴をこぼしていたので……」

さほどの大金はなかったということだろう。

兼四郎は寝間を出ると、ひととおり家のなかを見てまわった。どの部屋にも荒らされた形跡があったが、賊の手掛かりになるものは何もなかった。

その後、問屋場に移って成田屋のことを聞くと、あまり評判のよい質屋ではないというのがわかった。殺された主の又一は、口減らしのために村の娘を飯盛り宿に斡旋《あっせん》する女衒めいた仕事を請け負ってもいたらしい。

「まあ、ちょいと荒っぽい取り立てもやっていましてね。それにけちくさい親父だったんで、この町でいい顔をする者はいませんでしたから、恨みを持っている者は一人二人じゃなかったはずです」

庄蔵がそういえば、問屋場詰めの年寄や帳付も似たり寄ったりの話をした。だからといって襲った賊を特定することはできない。

「このことは身共《みども》らのお役ではないので、代官所に訴えることだ」

大方の話を聞いた兼四郎は、庄蔵を見ていった。

「はい、さようにいたします。常から道中条目に触れることがあれば、そうしていますので、早速にも訴状を作ります」

庄蔵は畏まった顔で文机についた。

「小岩市川関所での騒動は聞き知っていると思うが、五人の侍を見た者はいないだろうか？　騒ぎのあった日に、その五人はこの町の旅籠に泊まったかもしれぬが……」

「あとでわかったことですが、泊めた旅籠があります。中宿にある亀屋《かめや》という旅籠です」

兼四郎はきらっと目を光らせると、十蔵と定次を見て顎をしゃくった。二人が問屋場を飛び出していくと、奥の土間から金次《きんじ》という人足指《にんそくさし》がやって来て、気になることを口にした。

「あっしは曲金村に近い家から通ってんですが、この近くの村にいる侍を見たことがあります。空き家があるんですが、どうもそこを塒にしてるようなんです」

「それは一人か？」

「いえ、三人か四人はいると思うんです。質《たち》の悪い浪人ならおっかないんで声はかけていませんが……」

「その侍を見たのはいつだ？」

「何度か見てます。一昨日も見かけました。名主にも話したことありますよね」

金次という人足は庄蔵を見ていった。庄蔵は問屋と名主を兼ねているようだ。

「聞いていますが、たまにそんな浪人がいますから調べてはいません」

庄蔵は申しわけなさそうな顔をした。飢饉のときから在から流れてくる不逞浪《ふてい》人は少なくない。庄蔵はその類《たぐ》いだと考えていたのかもしれない。

「金次と申したな。その空き家に案内してくれぬか」

「へえ」

兼四郎は金次の案内で、数人の侍が塒にしていたという百姓家に向かった。そこは新宿の外れにあるあばら家だった。金次は、その家の主は二年ほど前に村を出て行き、そのままになっていると話した。

兼四郎は家のなかに入ってみた。床座敷には埃がたまり、そこに人の足跡や座った跡があった。畳敷きの座敷も同じで、人のいた形跡がはっきりある。

台所の流しを見ると、丼や茶碗が無造作に置かれていた。兼四郎はその流しを仔細にあらためて、眉宇をひそめた。使われている丼や茶碗もそうだが、箸も同じ数だ。

五つ。つまり、五人の人間がここにいたということになる。さらに、竃《かまど》を調べた。灰にはぬくもりが残っていた。

（ここにいたのだ）

しゃがんだまま日の差し込む格子窓をにらんだ。いたのは五人の侍。それは関所で行商人らを斬り捨てた者たち。そう考えてよいはずだ。

問屋場に戻ると、旅籠に聞き込みに行っていた十蔵と定次が待っていた。何かわかったかと聞けば、十蔵が目をきらきらさせて答えた。

「五人の侍が亀屋に泊まっていました。それも二日です。おそらく関所で行商らを斬り捨てた侍です。あの関所の近くで聞いた者たちに間違いないでしょう。人相と身丈、それから宿帳にある名前が嘘でなければ、五人の名前もわかりました」

十蔵が話すそばから、定次が証言を書き取ってきた書付を兼四郎にわたした。

五人の名は、木村七兵衛・篠崎源三・上田百助・吉田秀之助・六車才蔵。偽名でなければこれが関所で行商らを斬殺した侍たちである。

「こやつらはどこかの家中の者であろうか？」

「宿帳には書いてありませんでしたが、旅籠の女将は無宿《むしゅく》浪人らしいと、さように申しています」

「質屋の成田屋に押し入ったのはこの五人かもしれぬ。それから、五人がいたと思われるあばら家があった」

「まことに……」

十蔵が目をみはった。

「その五人は今朝までそのあばら家にいたはずだ」

「すると、渡船を使って中川をわたったばかりでは……」

「うむ。これからおれたちもあとを追う」

兼四郎はすっくと立ちあがると、庄蔵を見た。

「話は聞いたであろう。さようなことなので、成田屋の一件は代官所に知らせよ」

「はは、しかとさように……」

三

渡船場に行ったが舟待ちだった。三軒の茶屋があり、兼四郎たちは一軒の茶屋で待つことにした。問屋場の前にも高札があったが、ここにも高札が立てられていた。

書かれているのは同じことだ。

――小岩市川関所近くにて　旅人四人　役人を死に至らしめたる浪人と思しき侍五人あり　不審なる者これあるに於いてはその所々に留め置き　御料は御代官私領は領主地頭へ申し達すべく候《そうろう》　尤《もっとも》　見及び聞き及び候《そうら》わば其の段申し出づべく候　若《も》し隠し置き後日脇より相知れ候わば曲事《きょくじ》たるべく候　己酉《つちのとり》　七月

これでは五人の捕縛は容易ではない。しかし、当人らにとっては心穏やかな高札でないことはたしかだろう。

兼四郎が対岸に目を注いだり、十蔵と定次が旅籠・亀屋で聞き調べた書付に目を落としたりしていると、隣の茶屋へ聞き込みに行っていた定次が戻ってきた。

「旦那、今朝の一番舟で亀有にわたった侍がいます。その数は五人です」

「なに」

「一番舟は六つ（午前六時）過ぎに出ています。その船頭がもうすぐ亀有から戻ってくるそうで……」

兼四郎は対岸にある亀有の渡船場に目を向けた。いましも渡船が舟着場を離れたところだった。

「もし、おれたちの追っている五人だったら、そう遠くには行っていないということだ」

「それにしてもおかしくはありませんか。やつらが関所で人を斬ったのは、もう十日以上も前です。それに、やつらは新宿に二日も泊まっています。質屋の成田屋を襲って今朝この渡船場を離れたとすれば、ずいぶん間抜けな話ではありませんか」

「腑に落ちぬことではあるが、とにかく船頭から話を聞こう」

兼四郎は穏やかに流れる中川に目を注いだ。さざ波を立てる川面が、曇りはじめている空を映していた。

「やつらは手許不如意で川をわたれなかった。あるいは、高札を目にして臆していたのかもしれませぬ。されど、質屋を襲って金を手にしたから、思い切って亀有にわたったのでは……」

十蔵が自分の推量をつぶやく。

「人を五人も斬っている。いずれ追われるか手配りされるのはわかっていたはずだ。それなのに今朝新宿を発ったのなら、十蔵、おぬしのいうとおりかもしれぬ」

「だとすれば、人斬りのくせにずいぶん肝の小さい侍ということになります」

定次が言葉を添えたとき、渡船が舟着場に着けられ客が降りた。それを見た兼四郎は腰をあげて、船頭のそばに行って声をかけた。

「今朝、一番で向こうにわたったというのはおぬしか？」

「へえ」

煙草入れから煙管を抜いた船頭は小心そうな目を兼四郎に向けた。

「五人の侍を乗せたな」

「乗せました。一人二十四文のところを、五百文の緡《さし》をくれたので乗せていきましたが、みんなだんまりで一言もしゃべらなかったので気味が悪くて……」

「高札にある五人だと思わなかったか？」

船頭は土手のうえにある高札を見て、はっと目をみはり「まさか」と、顔をこわばらせた。

「人斬りの五人だったかもしれぬが、顔を覚えているか？」

「まあ、なんとなく」

船頭はそういって、五人の特徴を話した。兼四郎は耳を傾けながら、十蔵と定次が亀屋で聞き取ってきた書付と照らし合わせた。

一人は細身の金壺眼。これは上田百助。六尺ほどの身丈があるのは吉田秀之助。小柄な丸顔に小粒な目をしているのは、六車才蔵。肩幅が広く濃いひげを生やしていたのは木村七兵衛。残る一人は篠崎源三ということになる。

もっとも、宿帳に記された名前が偽名でなければの話だ。

「向こうの舟着場からその五人がどの方角へ去ったかわかるか？」

「土手を上って千住のほうへ行ったように見えましたが……。見送ってはいませんのでよくはわかりません」

船頭はかたい顔で答えた。

「よし、おれたちを乗せてくれ。その五人を追っている者だ」

「それじゃお役人様で……」

兼四郎は暗にうなずいた。

船頭は手にした煙管を煙草入れに戻して、

「そういうことでしたら、乗ってください」

といって、舫《もや》いをほどいた。

渡船はすぐに新宿側の岸を離れ、亀有へ向かった。兼四郎はその対岸をにらむように見ながら、なぜ五人の浪人は十日あまりも新宿の近くにあるあばら家に留まったかを考え、そのことを口にした。

「八雲さん、そんなことはどうでもよいことではございませんか。五人は関所で行商人らを斬り、一人に怪我を負わせ、さらに新宿の質屋夫婦を殺し、金を盗んで逃げている。それだけははっきりしています。そして、わたしたちはその五人の賊に近づいている。江戸府内に逃げる前に、引っ捕らえるだけでございましょう」

十蔵が鼻の脇を指でこすりながらいう。たしかにそのとおりだと兼四郎は黙り込む。十蔵は剣術になると、どんな技をどうやっておのれのものにするか、どういうふうに体を動かせばよいかと深く思案するが、こういうことに関しては直《ちょく》截《せつ》な考えをする。

さりながら、十蔵のいうことに間違いはない。いまはいかにして五人の賊を見つけるかに心血を注がなければならぬ。

兼四郎は気を引き締めるように背筋を伸ばして、対岸に目を向け直した。

四

新宿の渡しから千住宿までは一里少々の道程だ。水戸街道をまっすぐ突き進めば自ずと、千住に辿り着ける。しかし、七兵衛たちは上千葉《かみちば》村を過ぎ、小菅《こすげ》村に入ったところで前からやってくる八人ほどの侍の姿を見た。羽織袴に陣笠《じんがさ》を被っていた。

その姿が杉木立の先に見えたとき、七兵衛は足を止めて脇道の先にある木立に仲間を引き入れた。

「役人か……どこの者だ?」

吉田秀之助が近づいてくる侍たちを見ながら、自問するようにつぶやいた。

「わからねえ。だが、ここは用心だ」

七兵衛は緊張の面持ちで答えて、やってくる八人の侍に目を注いだ。八人ではなかった。他に二人、挟箱《はさみばこ》を持っている者がいた。都合十人だが、先頭に立っているのはいかにも武骨な面構えをした男だった。紋付きの羽織に陣笠。同じなりをしている者が三人。二人の挟箱持ちの他は、紋付きの羽織を着た四人の家来のようだ。野羽織に裁着袴《たつつけばかま》に手甲脚絆。そして菅笠《すげがさ》を被っている。

「どこかの家中の者か？」

秀之助が七兵衛に顔を向けた。七兵衛は目を凝らすが、よくはわからない。わからないが、新宿の問屋場前と渡船場にあった高札が目に浮かぶ。あきらかに自分たちは手配されていた。

十人の一行はやがて、七兵衛たちの前を過ぎ去り、亀有村のほうへ厳然と歩き去った。陣笠を被った四人の武士は厳《いか》めしく堂々としていた。足軽だった七兵衛にはない、貫禄と誇り高い士分の空気をまとっていた。

国許にいた頃、そんな武士に出会えば、道の脇に避け頭を下げなければならなかった。何か指図されれば、それに服《まつろ》うてかしずく。

足軽には武士の風格などない。苗字帯刀は許されているが、雑役に従事する三一侍だ。戦があれば、歩卒として先頭を駆け、真っ先に槍で突くか突かれて死ぬ。あるいは鉄砲玉を受けてそのままお陀仏。使い捨ての駒だ。

されど、泰平の世が足軽を長生きさせてくれる。かといって出世の望みはなく、低禄に甘んじ、汲々《きゆうきゆう》とした暮らしをするしかない。

「行ったぜ」

しゃがんでいた才蔵が立ちあがり、木の葉を引きちぎって口にくわえた。

「宿場はもうすぐだ。早く行ってうまい飯を食おう。千住には飯屋もあれば飲み屋もある。飯盛りのいる宿もある。うへへへ……」

篠崎源三がだらしない顔で笑い、欠けた前歯をのぞかせる。

「そうしたいところだが、様子を見よう」

七兵衛がいうと、すぐさま上田百助が不平顔で反駁《はんばく》した。

「なんだ七兵衛、またかい。様子を見る様子を見るばかりじゃねえか。いったい何の様子を見るってんだ。新宿で道草食ったのも気に入らねえし、目と鼻の先に江戸があるっていうのに、何を怖じ気づいてんだ。肝が小さすぎやしねえか」

「やい、百助。こうなったのは、てめえのせいだというのがわかっていねえのか。おめえが関所で悶着を起こしたおかげで、おれたちは手配りされた。そうであろう。行商人相手に短気を起こした末に斬っちまった。その挙げ句盗人をし、質屋夫婦を殺してもいる。用心を怠《おこた》りゃお縄だってことがわからねえのか」

七兵衛は顔を赤くして百助をにらんだ。

「行商に小馬鹿にされて黙ってろというのか。七兵衛、おめえさんだったら堪えたってぇのか。三一と言われたって、おりゃあ侍の端くれだ」

「逐電《ちくでん》した無宿の浪人だがな」

秀之助が醒《さ》めた顔でいえば、才蔵と源三が自嘲めいた笑いを漏らした。そのことで七兵衛は怒りを鎮めて、

「やっちまったことは仕方ねえが、用心しなきゃならねえってことだ」

と、諭すようにいった。

百助は「わかったよ」と、ふて腐れた。

「それにしても江戸に行ったら金がいるぜ。成田屋には思ったほど金がなかった。この先どうする？」

秀之助が七兵衛を見た。

「ああ、千住に行ったって贅沢はできねえ。飯だって安っぽい一膳飯屋ですますしかねえな。このままじゃ先が思いやられる」

源三は雑草の生えている土手にどっかりと座ってため息をつく。

七兵衛もため息をついた。成田屋という質屋に押し込んだが、金は思いの外なかった。もっとも金の隠し所を探しきれなかったのかもしれぬが、盗んだ金は五

人合わせて四両ほどだった。それも百文緡《ひやくもんさし》とばら銭ばかりだった。使い勝手はよいが、手許不如意に変わりはない。

「どうする？　用心するのはいいが、ここにいたって埒が明かぬだろう」

秀之助が顔を向けてきた。

七兵衛は考えた。関所で百助が悶着を起こしたせいで、五人を殺している。一人は関所役人だった。そして、新宿の質屋を襲い主夫婦も殺した。質屋の件はまだ表沙汰になっていないかもしれないが、安易に宿場に入るのは躊躇われる。人相書こそなかったが、自分たち五人は手配されている。新宿の問屋と渡船場の高札が何よりの証拠だ。

「千住の様子を見に行くか。五人いっしょじゃまずい。もし、おれたちが手配りされているようだったら、千住を避けて江戸に入るしかあるめえ」

七兵衛は仲間を眺めた。

「誰がいい……」

「そういうんだったら、てめえで見てくりゃいいだろう。おれたちゃここで待ってる」

百助が七兵衛をにらむように見ていった。

「よし、いいだろう。おれが行ってくる。みんなどこで待っている？」

「さっき神社が見えた。あの先に銀杏の大木が見えるだろう。あそこで待とう。水も飲めるだろうし、休む場所もあるだろう」

七兵衛は秀之助が指さすほうを見てうなずいた。

「わかった。宿場はもうそこだ。さほど手間はかからんだろう」

「待ってくれ」

篠崎源三が呼び止めた。

「なんだ？」

「腹が減ってんだ。何か食いもんを買ってきてくれねえか」

七兵衛はあきれ顔をして源三を見た。

「ああ、適当に見繕ってこよう。それにしても、おめえってやつはいつも腹を空かせてやがる」

五

兼四郎たちが下千葉《しもちば》村を過ぎたときだった。前方から厳めしい顔つきの侍集団がやって来た。若党と挟箱を持った家来がついている。

陣笠を被った先頭の四人が兼四郎たちに鋭い目を向けてきた。そのまますれ違ってやり過ごすつもりだったが、兼四郎は声をかけた。

「しばらくお待ちを……」

立ち止まった一行が振り返った。兼四郎は羽織の家紋を見て大名家の家来だと察した。町奉行所の役人でも、郡代からの使いでもなさそうだ。

「それがしは江戸からまいった八雲兼四郎と申す者でございます。つかぬことをお伺いいたしますが、五人の侍を見ませんでしたか？」

「五人の侍……？」

身丈があり肩幅の広い武士が訝《いぶか》しげに目を細めた。

「小岩市川の関所で悶着を起こし、新宿の質屋を襲った狼藉者がいます。縁者がその者たちに斬り捨てられたので、あとを追っているところでございます」

「すると敵討ちでござるか」

「さようなことになります」

「身共らは佐倉藩堀田《ほった》家の家来。それがしは大谷伊左衛門《おおたにいざえもん》と申すが、さて五人の侍と言われても……」

佐倉藩堀田家といえば、名門の譜代大名家。現大名は大坂城代を務めているはずだ。

「もしや千住の高札にあった者たちのことではありませぬか」

大谷伊左衛門の横にいる侍が答えた。

「おそらくその者たちです。今朝方、新宿の渡しをわたり、千住のほうへ去ったのはわかっているのですが……」

「さて、どうであろうか。五人ひとかたまりで歩いているなら目についたであろうが、さような男たちには出会わなかったはず……」

大谷伊左衛門は連れの侍と顔を見合わせて、そうであるなとうなずいた。

「お引き留めし、ご無礼いたしました」

兼四郎が頭を下げると、

「それにしても敵討ちとは大変でござるな。身共らは公用で急ぎ帰藩の途である。役に立てず残念だが、ご用心なさるがよい」

では、と言葉を足して、大谷らは足速に去っていった。

「堀田家の御家来だったとは……」

十蔵が去りゆく大谷らを眺めてつぶやいた。

「しかし、賊となった五人には出会わなかったといったな」

兼四郎は無精ひげの生えた顎を撫でて空を仰ぎ見た。雲が広がっており、日が翳ったり差したりしていたが、何やら雨が降りそうな気配である。

「いかがします？」

十蔵が顔を向けてくる。

「野良仕事をしている百姓たちも見ていないといいましたから、早くに千住宿に入ったのかもしれません」

定次がいった。

賊となった五人の侍は朝一番の渡船を使っている。日の出過ぎとはいえ、まだ早い刻限なので百姓たちも田畑に出る前だ。ひょっとすると、千住宿を抜けて江戸府内に入っているかもしれない。

「とにかく千住まで行くしかないだろう」

兼四郎は怪しい雲を眺めて歩き出した。

途中で百姓に出会えば、五人のことを訊ねた。旅の行商人に出会えばまた同じことを聞いたが、五人の賊を見たという者はいなかった。

「五人が連れ立って歩いていなければ、わからぬことです。わたしらは五人の人相を大まかに知っていますが、通りすがりの者たちは見過ごしているのではありませんか」

十蔵がいうように相手が侍だからといって、注意深く見る者は少ないだろう。それに五人が別々に歩いているなら余計わからぬはずだ。

「新宿を早発ちした五人がもし千住に入ったとすれば、どこかの店に立ち寄っているはずです。茶屋か飯屋か……」

定次が推量を口にする。長年、町方の小者をやっていただけに、その勘はおろそかにできない。

「まずは千住まで行ってみるか」

兼四郎はもう一度空を見た。

往還の両側には田畑が広がっているが、稲田より畑のほうが多い。桑畑と菜畑だ。

野良仕事をしている百姓の姿が遠くにあり、百姓家がちらほら見られるが、その数は多くない。

小菅村、弥五郎新田《やごろうしんでん》を過ぎて千住宿に入ったのは、それから小半刻（約三十分）ほどたった頃だった。

田舎を歩いてきたので、両側に商家や旅籠のつらなる宿場がずいぶん賑やかに思えた。

千住宿は大きく分けて、北の千住五丁目から南の一丁目、さらに掃部宿《かもんしゅく》、そして千住大橋を越えて小塚原町と中村町《なかむらちょう》の計八町からなる。

千住大橋の北詰までが江戸府内だが、町奉行所の支配は宿場には及んでいない。だからといって町奉行所の警察権がまったく行使されないわけではない。

兼四郎たちは水戸街道から宿場の北外れにあたる、千住五丁目に入ったすぐの茶屋で一服入れることにした。

雨が乾いた地面にしみを作りはじめたのは、茶屋の女が茶を運んできたときだった。

「降ってきたか……」

兼四郎は暗くなった空を眺めて茶に口をつけた。

「ちょいと訊ねるが……」

十蔵が茶屋の女を呼んで、熱心にも五人の賊のことを訊ねはじめた。その五人の特徴を克明に話したうえでである。だが、茶屋の女は首をかしげるばかりで、

「そのお侍がどうかなさったのですか？」

と、反対に聞き返した。

「どうしても会わなければならんのだ。するとこの茶屋には立ち寄っていないということだな」

「へえ、そんなお侍は来ていませんけど」

茶屋の女は首をすくめた。

「旦那、ちょいと休んだら近所の店に聞き込みをかけてみましょうか」

定次もやる気を見せる。雨は強い降りではない。

「そうしよう」

兼四郎もその気になっていた。

六

七兵衛は迷っていた。

仲間四人を小菅村に残して千住宿に入り、宿場の大きさをあらためて思い知った。参勤交代の折に何度も通っている宿場だが、ゆっくり町並みを眺めることはなかった。ただ行列のなかの一人として粛々と通過するだけだった。

だが、いまはその宿場をじっくり見ることができる。人の多さも、商家の多さも、国許の土浦《つちうら》城下とは比べものにならない。さらに江戸はもっと繁華だというのも知っている。

えもいわれぬ思いで七兵衛の心は躍っていた。往還の両側には旅籠・瀬戸物屋・酒屋・酢醤油屋・菓子屋・荒物屋・飯屋・搗《つ》き米屋《ごめ》・古着屋・乾物屋などと目がまわるほどの店が建ち並んでいるほか、髪結い床や職人の家もある。

呼び込みの声がひっきりなしにする。商家の軒先で立ち話をしながら笑っている町人がいる。先を急ぐように歩き去る旅人もいれば、馬の背に俵物《たわらもの》を載せた百姓もいる。

雨が落ちてきたのは、千住一丁目の問屋場を過ぎたときだった。

その先に高札があった。七兵衛はその高札を見て顔をこわばらせた。高札は全部で四つあった。そのなかに真新しい高札があり、小岩市川関所で人を斬った旅の侍五人がいる、それらしき侍を見たら届け出るようにと書かれていた。

(やはり、手配りされていたのだ)

七兵衛は心の臓をふるわせた。江戸に入っても同じだと思った。ここはまだ町奉行所の手の及ぶ地ではない。しかし、千住大橋をわたればそうもいかない。

七兵衛は迷いながら宿場を歩いていた。一人で江戸に入ってしまおうか。仲間とつるんでいれば目立つ。それに、才蔵と百助はこの先も厄介を起こしそうで危なっかしい。

関所では百助が人を斬ったことで、騒ぎになった。新宿では金の工面をするために質屋に押し入り、金を盗んで主夫婦を殺した。そうなったのも才蔵と百助の誘いがあったからだ。手許不如意のために心が惑わされたおのれが悪いのではあるが、止めることはしなかった。結句《けっく》、才蔵と百助と同罪の身の上である。

しかし、ここで仲間を捨てれば、生きていく術はある。貧乏な足軽の暮らしと、きっぱり手を切って、少しは楽な生き方ができるはずだ。

そこまで考えた七兵衛は苦笑した。もう足軽ではないのだ、土浦藩土屋《つちや》家の家来でもないのだと気づいた。逐電したいまは無宿の浪人である。

（そうだ、おれは浪人になったのだ）

七兵衛は蹌踉《そうろう》とした足取りで宿場を歩いた。雨に濡れていたが、まだ小雨《こさめ》で気にはならなかった。気づいたときには千住掃部宿の外れまで来ていた。千住大橋の手前だ。

（この橋をわたれば、江戸だ）

橋の向こうが極楽なら、こちら側は地獄ということになる。地獄というほどの苦しい暮らしはしていないが、常にもっと楽になりたいと思っていたのはたしかだ。

（わたってしまえ）

という思いが心のうちで騒ぐ。

その一方で、仲間を裏切っていいのかという思いもある。癖のある仲間ではあるが、みんな辛抱に辛抱を重ね、苦楽を共にしてきた者たちだ。

やはり裏切りはできぬと思った。裏切れば、四人の仲間からも逃げつづけなければならない。ただでさえ、手配りされているお尋ね者なのだ。

いまはあの仲間が頼りだと七兵衛は思った。ゆっくり千住大橋に背を向け、後戻りした。それにしてもこの宿場は大きいといまさらながら思い知らされる。

もっとも宿往還の長さは、南北に三十五町四十七間（約三千九百メートル）ある。町並みだけでも二十二町十九間（約二千四百メートル）あるから無理もない。宿場町に住む者の数は一万人近い。

朝から歩きづめで疲れていた。それに腹が空いていた。思いの外道草を食っている自分に気づきもした。仲間を待たせていることに、少し悪い気がした。

そうだ、源三に何か食い物を買ってきてくれと言われたのだ。そのことを思い出した七兵衛は、目についた一膳飯屋の暖簾をくぐった。

飯を食うぐらいの金はある。そこで久しぶりに白い飯と焼いた魚・冷《ひ》や奴《やっこ》・漬物・味噌汁という、人並みの食事にありつくことができた。

食後の茶を飲んで人心地つくと、店の者に四人分のにぎり飯を作ってもらった。それには沢庵《たくあん》も添えられた。

（あやつら、きっと喜ぶだろう）

最前その仲間を裏切ってしまおうかと思ったことを後悔し、心ばかりの罪滅ぼしだと思いもした。雨は強い降りではなかったが、さっきより雨量が増えていた。

商家の軒下で雨宿りをしている者がいれば、傘を差して歩いている者もいるし、蓑笠《みのがさ》姿で足早に去る者もいる。

旅籠の二階から往還を眺めているのは、飯盛りかもしれない。しどけない浴衣《ゆかた》姿で団扇をあおいでいた。

掃部宿の外れまで来た。そこには一里塚があり、隣に諸荷物貫目改所《しょにもつかんめあらためしょ》がある。日本橋から千住宿までは二里はある。だとすれば、この一里塚の起点はどこだろうかと、どうでもいいことを考え通り過ぎようとしたとき、通りの反対側にある高札に目が行った。

さっき見たばかりだが、様子がちがっていた。自分たちのことを書いている高札が、新しいものに代わっていたのだ。

七兵衛ははっと目をみはり、表情をこわばらせた。高札に書かれている文は長かった。それは人相書に他ならなかった。似面絵《にづらえ》こそないが、自分たちの名前と人相とおおよその年齢、背格好が書かれていた。

(なぜだ……)

高札の前に長くいるとあやしまれる。七兵衛は素早く読み終え、雨のなかを歩いた。まわりの様子は目に入らなかった。なぜ、自分たちの名前と人相がわかったのだと、頭のなかでぐるぐると考える。

関所の茶屋の前でも顔を見られている。関所役人も自分たちの顔を見ている。だが、関所では通行手形は見られなかった。そのまま素通りだった。それなのに名前が知れている。

はっと立ち止まって往還の先に目を凝らした。

新宿の旅籠だ。亀屋という旅籠に二泊した。そのとき、宿帳に名前を書いた。

七兵衛は上の歯で下唇を噛んだ。しくじったという思いと、これで江戸には入れないという落胆、そして関所で悶着を起こし、質屋を襲ったことを後悔した。

千住四丁目にある本陣、喜左衛門《きざえもん》宅の前に来たとき、草鞋の緒が切れた。間の悪いときにと、舌打ちしながら近くの店に目をめぐらして小さな履物屋を見つけた。

七兵衛はなるべく顔を見られないようにして新しい草鞋を買うと、軒先で履き替えた。その隣に茶屋があり、二人の侍と一人の小者らしき男三人が、床几に座って話をしていた。

七兵衛が草鞋の紐を強く結んだとき、気になる声が耳に届いた。

「新宿の問屋は手まわしがようございます。この宿場の高札に人相書を手配したようです」

七兵衛ははっとなって、盗むように三人を見た。気になることをいったのは、人なつこそうなまるい顔をした小者みたいな男だった。

「あの問屋は利け者であるな。もし、五人の賊が江戸に入ったら御番所の与力・同心の手に落ちるかもしれぬ」

そういったのは、鼻梁《びりょう》の高い精悍《せいかん》な顔つきの侍だった。

「そうであれば、わたしらの役目は終わりになるということです」

今度はその隣にいる若い侍だった。日に焼けた浅黒い顔で、黒目がちの目に厚い唇をしていた。

その男が、雨を降らす空を見あげて、

「さて、いかがいたしましょう」

といえば、

「この宿場での聞き込みで、五人の賊を見たという者はいない。もっとも聞き込みが足りぬのかもしれぬが、ひょっとするとこの宿場を避けて江戸に入ったのかもしれぬ」

と、精悍な侍がいう。

七兵衛は菅笠の庇《ひさし》を下げて、顔を見られないようにして立ちあがると、急いでその場を離れた。心の臓が早鐘を打っていた。

七

小菅村に入った頃には雨の降りがさらに強くなり、遠くの田畑がかすんで見えるようになった。

七兵衛の着物も草鞋もじっとり雨を吸っていた。それでも忙しく足を動かした。

仲間は小菅村にある神社で待っているはずだ。ずいぶん待たせているが、七兵衛は千住五丁目に入ったところで、再び迷っていた。

宿場を貫く往還は日光道中《にっこうどうちゅう》だが、立ち止まった先は日光への道と下妻《しもづま》方面への道になる。しかし、その道を辿ったところで自分たちに安住の地はないとあきらめ、水戸街道へ入って足を急がせた。

神社の杜が見えると、さらに足を急がせ鳥居をくぐって参道に入った。本堂の階段にいた仲間が、七兵衛に気づいて顔を向けてきた。

「ずいぶん遅かったじゃねえか」

階段に座っていた吉田秀之助が立ちあがって声をかけてきた。

「食い物を忘れてねえだろうな」

篠崎源三が物欲しそうな顔を向けてくる。

「心配はいらぬ」

七兵衛はそういって、飯屋で作ってもらったにぎり飯を懐から出して源三にわたした。他の者たちもいっせいに手を伸ばす。

「さりながら心配どころではないことがある」

七兵衛はにぎり飯を頬張った仲間を眺めた。

才蔵が顔を向けてくる。七兵衛はその顔をにらむように見た。

「どういうことだ？」

「宿場に人相書が出た」

「おれたちのか……」

秀之助が飯を頬張ったまま顔を向けてきた。おれたちは新宿の旅籠に泊まった。そのとき宿帳に名前を書いた。

「新宿の問屋が手配したようだ。そのままそっくり人相書に書かれている」

みんな沈黙した。雨音と庇から落ちる滴《しずく》の音がした。

「おれたちの名が知れていると……」

秀之助が能面顔でつぶやく。

「そうだ」

「正直に宿帳に書くからだ。どうでもいい名を書いておけばよかったんだ」

百助が吐き捨てるようにいった。宿帳に名前を書いたのは七兵衛だった。あのとき、偽名を書こうと思い迷ったが、とっさに適当な名前が思い浮かばなかった。

「人相書には何が書かれていた？」

秀之助が聞いてくる。

「関所で人を斬ったこと。新宿の質屋を襲ったこと。そして、おれたち全員の人相と背格好と歳だ。捕まれば死罪は免れねえ」

全員、黙り込んだ。

沈黙を破ったのは秀之助だった。手にしていた食いかけのにぎり飯を、百助に投げつけた。

「何しやがんだ！」

百助がいきり立って怒鳴った。

「きさまが関所で悶着を起こしたからこんなことになったんだ。挙げ句、盗みをはたらき、さらに質屋の夫婦を殺した。そのせいで人相書だ！　このたわけがッ！」

「いまさらそんなこといったってしょうがねえだろう！　金がなかったんだ。金を作るためにやったんじゃねえか。それは才蔵が唆《そその》かしたからだ」

「なんだと」

今度は才蔵が顔を赤くして百助をにらんだ。百助の口は塞がらない。

「そうだろう。金がねえなら作るしかねえ。いい質屋がある。その質屋に押し入って金をいただいちまおうといったのはてめえだろう」

「なんだと、だったら止めればよかったんだ。止めもしねえで、そうだなやるかといったのはどこの誰だ、こんちくしょう」

才蔵は百助に飛びかかった。

「やめろ、やめぬか！」

七兵衛はなかに入って二人をわけた。

「ここで罵り合ったって、後戻りはできんのだ。頭を冷やせ」

才蔵はちくしょうと吐き捨てて、階段に座り直した。

「江戸に入れば御番所の役人の目が光っている。捕まれば死罪だ。だが、江戸に入る前にもおれたちを追っている者がいる」

「誰だ？」

秀之助だった。吊り目をみはっていた。

「わからぬ。三人いる。二人は侍で一人はその供をしている小者のようだ。おれたちが江戸に入れば、やつらは自分たちの役目が終わるというようなことを話していた」

「どういうことだ？」

「道中奉行かもしれねえが、郡代所の手付かもしれぬ。その三人はおれたちを追っている。そして宿場で聞き込みをしてもいる」

「こんなことになったのは七兵衛、おめえのせいだ」

百助がにらんできた。

「新宿で二の足を踏むからだ。さっさと新宿の渡しをわたって江戸に入ってりゃ、余計なことはしなくてよかった。それが高札がどうのこうのと臆病風を吹かせて、あばら家でとんだ暇つぶしだ。なにも新宿の渡しを使わなくたって、南のほうに行きゃ他の渡し場もあったんだ。そうしようというと、いやどこも同じだろうといいやがる。おれたちゃ新宿の渡しを使ってこっちに来た。あの渡船場は難なく使えたじゃねえか。まったく、肝っ玉の小ささにあきれちまったぜ」

「おい、百助。黙って聞いてりゃ勝手なことをぬかしやがって。そこまでいうなら勘弁ならねえ」

七兵衛はさっと刀を抜いた。百助が刀に手を添えて身構える。

「ことのはじまりは、てめえが関所で殺しをやったことだ。そうじゃねえか」

「なんべんも同じことをぬかすんじゃねえ！」

百助も刀を抜いた。

「やめろ、やめぬか！」

秀之助が間に入って、二人に頭を冷やせといった。

「ここで仲間割れしてもいいことはないだろう。それよりこれから先のことを考えるのが先だ。刀を納めろ」

七兵衛は百助をにらみながら、腹立ちを抑えて、ゆっくり刀を鞘に納めた。

そのとき、遠くのほうから雷鳴が聞こえてきた。

第四章　人相書

一

坂田半兵衛《さかたはんべえ》はずぶ濡れになっていた。旅籠の玄関先で菅笠と羽織を脱いで、暖簾をくぐった。出てきた女中に、泊まりたいが部屋はあるかと訊ねると、あるというので、

「では頼む。その前に手拭いを貸してくれ」

半兵衛は草鞋を脱ぎ、上がり口に濡れた菅笠と羽織を置いた。

「笠と羽織を乾かしておきましょう」

気の利く女中はそういって、帳場の裏に消え、すぐに手拭いを持って戻ってきた。

半兵衛はもらった手拭いで濡れた腕や顔をぬぐいながら女中を見た。

「いきなり降ってきやがったから、このざまだ」

「ひどい雨ですからね。ちょうど一部屋空いていますから、そちらにご案内します」

女中は案内に立った。まだ若い女中だ。十七、八だろう。ひょっとすると飯盛りかもしれない。村から千住にはたらきに出される娘がいるが、大方飯盛り宿だ。

案内されたのは階段を上がってすぐの二階の部屋だった。廊下を挟んだ向かいの部屋の障子が開け放され、三人の男がいた。二人は侍の形《なり》だった。

（もしや……）

そう思って、じっと二人の侍を眺めたが、人違いのようだと思い視線を外した。先方は半兵衛の目つきを訝しんだが、何も声はかけてこなかった。

客間に収まると、濡れた小袖を脱ぎ捨て、襦袢《じゅばん》だけになって腰を下ろした。襦袢も濡れていたが、女中がいたので脱ぐわけにはいかない。

「すまねえ」

「向かいの客はどこの侍だ？」

そう聞くと、女中は閉めたばかりの障子を振り返って、

「江戸のお侍様です。市川からの帰りだと聞いています」

といって、濡れた小袖を衣紋掛《えもんか》けにかけた。

「市川から……」

「そう聞きました。いまお茶をお持ちします」

女中が下がると、半兵衛は襦袢を脱ぎ、褌一丁になって濡れた体を拭いて、襦袢を羽織った。襦袢も湿っていたが気にはしない。

さっきの女中が茶を持って戻ってきた。名前を聞くと、

「しげといいます。お客様は？」

しげと名乗った女中は、つぶらな瞳を向けてくる。頬が無花果《いちじく》のように赤い。

「おれは坂田半兵衛だ。伊与田村から来たんだ」

「それじゃ関所の近くですか……」

「そうだ。知ってるのか？」

「わたしは曲金村の出なんです。関所の近くまで何度も行ったことがあります」

「それじゃ百姓の娘か？」

「へえ」

「おれも同じだ。親は百姓だが、御代官様の手伝いをしてんだ。兄貴は関所役人だった」

殺されたとはいわなかった。

「そうでしたか。では、近くの生まれですね」

おしげは頬を緩め、あらためて半兵衛を見た。

「ここに五人組の侍が泊まらなかったか？」

「五人組……いいえ。お武家様は何人かお泊まりになりましたが、五人は大勢ですね。そんな人は来ていませんよ」

「そうか。飯は何刻だ？」

「六つ（午後六時）頃になります。では、ゆっくりしてくださいまし」

おしげはよく躾けられているらしく、両手をついて頭を下げたが、つぎに顔をあげたときには、絡めるような意味深な視線を送ってきた。

おしげが出て行くと、半兵衛は襦袢を脱いで衣紋掛けにかけ、褌一丁になって茶を飲んだ。

千住宿の南外れにある小塚原町まで行って帰って来たが、目あての五人の侍を見つけることはできなかった。

兄・惣兵衛の敵をどうしても討たなければならない。旅の侍に斬られたと聞いたときには衝撃が大きすぎて悲嘆に暮れたが、野辺《のべ》送りが終わり、日がたつにつれて兄・惣兵衛を斬った侍のことがどうしても許せなくなった。

敵を討つ、と固く心に誓ったのは三日前だった。村名主に相談すると、まずは郡代官に届けを出し、そのあとで江戸町奉行所の許しを得て敵討帳に記載する手続きがいるといわれた。そんな面倒なことはできないし、悠長なことはしていられない。

正直なことを口にすると、

「まあ、許しを得んでもその土地の役人が敵討ちと認めてくれりゃ、罪は問われんことにもなっておる」

と、名主がいったので、それならそうするといって村の家を飛び出してきたのだった。

しかし、兄を斬った侍のことはさっぱりわからなかった。ただ、旅姿の五人の侍ということだけだった。関所役人は通行手形をろくに見ていなかったので、名前さえわからなかった。

ところが、つい先ほどのことだった。宿場の高札に五人の人相書があった。半兵衛はその人相書を食い入るように読んで、五人のことを頭に刻みつけた。

雨に祟られずぶ濡れになりはしたが、小塚原町から引き返してきたのは何かのお告げだと思った。それに、追っている五人の侍は新宿の質屋を襲って主夫婦を殺し、金まで盗んでいた。

とんだ悪党だと思うと同時に、半兵衛のなかにある復讐心が燃え立った。

（必ず見つけて、刺し違えてでも兄貴の敵を討つ）

その思いは腹の底でふつふつと燃えていた。

しかし、五人の人相も名前もわかったが、どうやって捜すかが問題だった。五人がすでに江戸に入っているなら、易々と捜し出すことはできない。もっとも江戸府内に入っていれば、人相書の手配もあるし、町奉行所も動いているだろうから賊の五人は警戒心を強めているはずだ。

だが、半兵衛は五人は千住大橋をわたっていないと考えている。小塚原町まで足を延ばし、ほうぼうに聞き込みをしたが、五人組の侍を見たという者はいなかった。

それで引き返してきて人相書を見たのだ。もし、賊があの人相書を見ているなら宿場を避けているはずだといまは考えている。

窓を開けて、雨を降らす空を見た。明日の朝この雨がやめば、もう一度宿場を聞きまわろうと思った。

おしげが夕餉ができたと知らせに来たとき、半兵衛は人相書のことを話したが、おしげはまだその人相書を見ていなかった。

二

旅籠の夕餉は、一階の座敷に用意されていた。兼四郎たちはその座敷で食事にかかり、つけてもらった酒をちびちびやりながら、五人の賊のことを小声で話した。

この宿場を抜けていないと仮定して捜してみるが、手掛かりがなければもう一度亀有の渡船場に戻ってみようという話になった。

「それでだめだったら、あきらめますか……」

十蔵が秋刀魚の開きをほじりながらいう。

「あきらめたくはないが、江戸に入っているなら手の出しようがない」

兼四郎は盃を口に運び、少し先の席で飯を食っている男を見た。目があうと、男はうつむいて箸を動かす。自分たちの客間の向かいに入った男だ。

その客間に入るときもそうであったが、いまもときどき視線を向けてくるのが気になっていた。まさか、賊の仲間ではないかと思ったが、賊の人相とは似ても似つかぬ顔をしている。侍らしいが、どこか垢抜けない男だ。

その男は先に食事を終えて座敷を出て行ったが、その際にも兼四郎たちを気にするように眺めて去った。

（あの男……）

兼四郎は気になったが、口には出さなかった。代わりに十蔵が、

「いまそこで飯を食っていた男、妙に気になります。探るような目をわたしたちに向けていたでしょう」

といった。十蔵も気づいていたのだ。

「あっしらの向かいの客間に入った侍ですよ」

定次が茶を飲みながらいった。

半兵衛は自分の客間に戻って、庇から落ちる雨を眺めながら、向かい側の客間に入っている三人のことを考えた。

飯を食いながらあの三人は気になることを話していた。五人の侍がどうの、新

宿の宿で聞いた話がどうの、この宿場の高札場に人相書が立てられたなどだ。三人は声を抑えていたので、はっきり聞き取ることはできなかったが、ひょっとして関所で聞いた三人ではないかと思った。

それは関所役人の小池新吉から聞いた話だった。二人の侍と小者らしき従者がやって来て、関所近くで悶着を起こした五人のことを調べに来たといった。

その三人は関所近くの茶屋で斬られた伊三次という行商人の敵を討ちに来たらしい。殺された伊三次は、以前そのなかの一人の侍の屋敷で奉公していたという。

（あの三人のことだろうか……）

半兵衛は小池新吉から聞いたことを思いだしていた。しかし、そうでなくても三人は五人の賊を捜しているふうだ。

やがて階段に足音がして、向かい側の客が戻ってきた。障子を開けて客間に入るのがわかった。

半兵衛は雨戸を閉めて、廊下側に体を向けると、しばらく耳を澄ましてから立ちあがった。

廊下に出ると、

「ちょいとご無礼してもようございますか？」

と、声をかけた。

一瞬の沈黙があったが、すぐに障子が開かれた。若い侍が、意外そうな顔をして、

「何用であろうか？」

と、声をかけてきた。

「下で飯を食っているときに気になったんでございますが、もしやお三方は、小岩市川の関所で殺された伊三次という行商人のお知り合いでしょうか？」

半兵衛が片膝をついて訊ねると、窓際にいた年嵩《としかさ》の侍が、

「お手前は……？」

と、不審そうな目を向けてきた。

「拙者は坂田半兵衛と申します。小岩市川関所に詰めていた足軽・坂田惣兵衛の弟でございます」

年嵩の侍は眉宇をひそめて仲間を見、すぐに視線を戻した。

「もし、間違いでなければお三方は、関所近くで殺された伊三次という男の敵を討ちに来たのではありませんか。さように関所役人の小池新吉から聞いているの

ですが……」

「まあ、お入りなさいな」

年嵩の侍は落ち着いた声で半兵衛をいざなった。

「わたしは八雲兼四郎と申す」

年嵩の侍はそう名乗ってから、連れの波川十蔵と小者の定次を紹介した。

「たしかに関所に行って五人の賊のことを調べた。市川にもわたり、その後新宿でも詳しい調べをしてきた。だが、賊をもう少しのところで取り逃がしている。坂田殿は兄・惣兵衛殿の敵を討つべく、賊を捜しておられるのであるか」

「いかにもさようです。一昨日、伊与田村を出てあとを追うために小塚原町まで足を延ばしてきました。さりながら、五人づれの侍を見たという者はいません。もっとも五人がわかれて動いているなら、捜すのは困難極まりないと思っていますが、宿場に戻ってくると、高札場に五人の賊の人相書があり、驚いた次第です」

「あれは新宿の問屋が気を利かせて手配りしたのだ。じつはわたしらは襲われた新宿の質屋の調べをした。それに、あの五人が新宿の旅籠に二泊し、その後、近くにある空き家を塒にしていたのもわかっている」

波川十蔵だった。

「坂田殿には賊を追う手掛かりがあるのであろうか？」

八雲兼四郎が静かな眼差しを向けてくる。威圧感はないが、貫禄のある男だ。

「それがからきし……」

半兵衛は恥ずかしそうに一度うつむき、すぐに顔をあげた。

「もし、お邪魔でなかったら、わたしを仲間に入れていただけませぬか。わたしはどうしても兄・惣兵衛の敵を討たなければなりません。このとおりでございます」

半兵衛は膝を摺って短く下がり、頭を下げた。

「よかろう。人は少ないより多いほうがよい」

八雲兼四郎が請け合えば、

「相手は五人であるから願ってもないことだ」

と、波川十蔵も賛同の意を示した。

三

雨は降りつづいていた。それにもう村は濃い闇のなかに沈み込んでいる。虫の声も鳥の声もしない。聞こえるのは庇から落ちる雨音だけだ。地面は雨に穿《うが》たれ、水溜まりを作っていた。

「こんなとこにいつまでいるってんだ」

苛立った声を漏らすのは百助だ。

「夜露をしのぐ宿なんかこんな村にはないんだ。どうするんだ?」

七兵衛は百助を静かに見る。その顔は濃い闇で黒い影となっている。気持ちはわかる。七兵衛もいつまでもこんなところにいるつもりはない。

そこは水戸街道から少し脇に入った水神社《すいじんじゃ》の屋根の下だった。

「おれは腹が減ってきた。秀之助と才蔵は何か食い物を持ってくるかな」

へたったように座り込んでいる篠崎源三が、情けない声を漏らす。

七兵衛たちは、今夜の塒を探すといって村の様子を見に行った秀之助と才蔵を待っているのだった。二人が出かけて、もう半刻以上になる。待ちぼうけを食らっている恰好であるが、二人が戻ってくるのを待つしかなかった。

「こんなことなら逐電なんかするんじゃなかったな。お尋ね者になっちまうし、ろくに食い物にもありつけねえ。ゆっくりできる場所もねえ。ねえねえ尽くしじゃねえか」

源三はそういって腕をぱちんとたたき、

「蚊も腹が減ってんだろうが、おれの血なんてうまくねえんだ」

と、たたいた腕のあたりを掻く。

「あの二人、おれたちを置いて逃げたんじゃないだろうな」

百助が闇のなかに視線を飛ばす。雨のせいで星も月もない。文字通りの真っ暗闇だ。

「裏切ったりはしないさ。おれたちは一蓮托生《いちれんたくしょう》だと誓い合ってんだ」

七兵衛はそういうが、内心で危惧していた。秀之助は裏切らないだろうが、才蔵は剽軽《ひょうきん》さの裏に冷徹な一面を持ち合わせているし、気持ちにむらがあり、ときに自分の都合に合わせて、平気で寝返るような男だ。

「あいつら宿場へ行って、まさか捕まったりしてないだろうな」

百助の言葉に七兵衛ははっとなった。

「おれたちを追っている役人らしい侍がいたといっただろう」

百助が闇に溶け込んだ黒い顔を向けてくる。

「宿場には行っていないはずだ」

「それにしちゃ遅すぎやしないか」

七兵衛も不安になった。だが、もう少し待とうと言葉を返した。

闇を眺めながら、すっかり行き場を失ってしまったという後悔の念が、七兵衛のなかに生まれていた。しかし、この窮地を抜け出さなければ生きてはいけない。

七兵衛は階段に腰を下ろし、煙草入れを出した。だが、雨で濡れていた。くそ、煙草も喫《の》めないと煙草入れをにぎりしめる。そのとき闇のなかにちらちら光るあかりが見えた。

息を詰めて凝視していると、秀之助と才蔵が傘を差して近づいてきた。

「遅かったではないか」

「ほうぼう探しまわっていたからだ。今夜の塒を決めてきたぜ。ここからそう離れていないところだ」

秀之助はそういって、くたびれたとぼやいた。

「早速行こうじゃないか。こんな水神社にいたって腹の足しにはならねえ」

源三が立ちあがった。

「案内するんだ。で、そこは空き家か？」

七兵衛が聞くと、才蔵が顔を向けてきた。

「百姓の家だ。旅の者だが、道に迷って往生している。一晩だけ泊めてくれと頼んできたんだ」

才蔵はそういって先に歩き出した。

案内された家は雨宿りをしていた水神社から、五町ほど歩いたところにあった。

四十過ぎの百姓夫婦と二人の倅がいた。主は粂蔵《くめぞう》といい、女房はおたにといった。二人の倅は二十と十七だった。四人とも迷惑そうな顔をしていたが、

「一晩だけだ。明日の朝には出ていく」

と、七兵衛が申しわけなさそうな顔でいうと、

「困っていると知って知らんぷりはできませんからね」

粂蔵という主は板座敷で草鞋を編んでいた。

「何か食いもんはないかね。昼間から何も食っていないんだ」

源三が情けない顔で女房のおたにを見ると、

「雑炊がありますから、それを食べてください」

といって台所に下がった。

二人の倅は七兵衛たちを敬遠するように、奥の部屋で黙り込んでいた。

おたにが雑炊の入った鍋を持ってきたので、みんなは車座になってそれを食べた。

腹が落ち着くと、源三は板座敷にごろりとなり、秀之助は濡れた着物を乾かすために衣紋掛けにかけた。七兵衛もそれに倣《なら》ってから腰を下ろした。台所でおたにが片付けをしている物音が聞こえてきて、草鞋を編んでいた粂蔵は奥の間に引き取った。二人の倅もそれぞれの部屋に行ったらしく姿がなかった。

雨音しかしない静かな夜である。七兵衛は黒く煤けた天井の梁《はり》を眺めて、明日からのことを考えた。宿場に入れないばかりか、江戸にも行けなくなっている。かといって国許に帰ることもできない。無宿の浪人に成り下がり、おまけにお尋ね者になってしまった。

「七兵衛、どうするんだ？」

秀之助が隣に腰を下ろして顔を向けてきた。行灯のあかりがその顔を照らしていた。七兵衛が黙って見返すと、秀之助が声をひそめてつづけた。

「佐倉道を引き返すことはできねえ。江戸には入れねえ。となれば、日光道中を辿り草加《そうか》へ行くか、岩槻道《いわつきみち》を辿るか、それとも下妻道を進むか。それしかないぞ」

「わかっている。それは考えていたことだ」

千住から草加宿まで約二里八町、岩槻道の舎人《とねり》まで約二里、下妻道の大原《だいばら》までも約二里。その先のことはわからないし、土地鑑もなかった。

「どうする、どこへ行く?」

「この際だから日光まで行ってみるか。いい知恵が浮かばねえんだ」

秀之助はため息をついて、

「江戸で道場という夢は、潰《つい》えちまったな」

と、横になった。

「とにかく明日の朝、ここを出てからどこへ行くか決めよう。こうなったらどこへ行こうが同じだろう」

半ば自棄《やけ》っぱちな考えだったが、七兵衛の正直な気持ちだった。

四

雨音は低くなっていた。

板座敷に雑魚寝をして夜を過ごした七兵衛は目を覚ますと、しばらく天井の梁を眺めていた。台所でおたにが朝餉の支度をしているらしく、物音がして竈の煙が漂っていた。

七兵衛は迷惑を承知で泊めてもらった礼をしなければならぬと思い、隣に寝ている秀之助を揺り起こし、

「五十文出せ」

と、いった。

「なんだ、朝っぱらから」

秀之助は眠そうな目をこすりながら半身を起こした。

「一宿一飯の礼だ」

そのやり取りに気づいた源三が目を覚まし、ついで百助と才蔵も起きた。七兵衛はみんなに五十文出すようにいって、金を徴収した。

「心付けをわたせば、あの女房の気もほぐれるだろう」

おたにはさも迷惑顔をしているが、文句もいわずにみんなに食事を提供し、いまも朝食の支度をしている。二百五十文もわたせば、おたにも笑顔ぐらい見せるだろうと思った。

「小便してくる」

才蔵が立ちあがったので、七兵衛は徴収した金をわたした。

「女房への心付けだ」

「気は心っていうからな」

才蔵はにやりと笑って、欠伸《あくび》を嚙み殺しながら土間に下りて台所へ行った。すぐにおたにの恐縮した声が聞こえてきた。

「遠慮はいらねえさ。迷惑をかけたんだ。一宿一飯の恩義ってもんさ。厠は表かい？」

「へえ、戸口を出た横にあります」

七兵衛はそんなやり取りを聞きながら、雨戸を開けた。雨は小降りになっていたが、空は雨雲に覆われたままだ。風が近くの林を揺らしていた。

「考えは決まったかい」

板座敷に戻ると、秀之助が聞いてきた。

「どこへ行っても同じだろう。日光のほうへ向かおう」

「それでどこへ行く？」

「千住のつぎの宿は草加だ。その先は越ヶ谷《こしがや》、粕壁《かすかべ》、杉戸《すぎと》だったはずだ。行ったことはないが、大きな宿場ならそこで考えようではないか」

「江戸には行かねえのか？」

源三がとぼけたことを聞いてくる。

「たわけたことを朝からぬかしやがる。いまさら江戸へ行けると思ってんのか。

この歯ッ欠けが」

百助があきれ顔をしていえば、源三はふくれ面をして黙り込んだ。そこへ才蔵が厠から戻ってきた。

「雨のなか千吉《せんきち》が仕事に出ていった。ご苦労なことだ」

胡坐をかいた才蔵は煙草入れを振り分け荷物から取り出した。

粂蔵とおたにの倅は、上が万吉《まんきち》といい下が千吉といった。

「雨のなか畑仕事か……」

七兵衛が感心顔をしていったとき、土間先に粂蔵があらわれた。

「寒くはなかったですか。なんもかけるもんがなくてすみませんでした。心付けを頂きやして申しわけありません。飯がもうすぐできますんで待ってください」

そういって頭を下げる粂蔵は、昨夜より表情がやわらかくなっていた。女房のおたにに金をわたしたのが利いたようだ。

「千吉はこんな早くから畑仕事かい？」

「いえ、あれは千住で馬役《うまやく》をやってるんです。上の倅は畑仕事があって出せないんで、千吉まかせです」

七兵衛はぎょっとなった。馬役は問屋場に詰めて継立《つぎた》てをする仕事だ。宿場の近郊の農家に課せられた夫役《ぶやく》である。千吉が馬役なら問屋場に行く。そして、そばには高札場があり、自分たちの人相書が立てられている。

「どうかされましたか？」

粂蔵が怪訝そうな顔をしたので、七兵衛は何でもないと答えた。だが、千吉を問屋場に行かせてはならない。

昨夜、万吉と千吉は一言も七兵衛たちと口を利かなかった。避けるように七兵衛たちを見ていた。

ひょっとすると、千吉は人相書にある自分たちに気づいているのかもしれない。粂蔵の姿が土間から消えると、

「まずいことになってるかもしれねえ。千吉は問屋場に行った。どういうことかわかるか？」

七兵衛は緊迫した顔で仲間を眺めた。

「やつは昨夜、おれたちに気づいていたかもしれん」

「才蔵」

秀之助が才蔵を見た。声をかけられた才蔵はかたい顔で秀之助を見返すなり、刀をつかんで立ちあがった。

「千吉を宿場に行かせてはならん」

秀之助が言葉を足せば、才蔵はわかっているというなり、家を飛び出していった。

その慌てぶりに気づいた粂蔵が台所のほうから、

「どうかしましたか？」

と、声をかけてきた。

七兵衛は秀之助と顔を見合わせた。

「粂蔵と女房のことはどうする？」

いったのは百助だった。

「万吉もいるよ」

源三が声を低めていう。

七兵衛は忙しく考えをめぐらした。才蔵が千吉に追いつかなかったら、自分たちは逃げるしかない。いまのうちに逃げるべきか、どうすべきか。

「しかたねえ」

そういったのは百助だった。がっと刀をつかむと、そのまま土間に飛び下りた。

「百助、やめろ、やめるんだ！」

七兵衛は慌てて声をかけたが、百助は台所へ駆けるようにして姿を消した。

五

旅籠の朝は早いが、兼四郎たちはゆっくり朝食を取っていた。

縁側の先にある庭には霧雨を浴びる芙蓉《ふよう》の花が咲いている。空は次第に明るみを帯びて来ているので、もうじき雨はやみそうだ。

兼四郎は箸を置いて湯呑みを手にした。目の前で坂田半兵衛が黙々と飯を頬張っている。大食漢《たいしょくかん》だ。野良仕事で鍛えられたのか、太《ふと》り肉《じし》で猪首《いくび》、強情そうな顔。これでもかというほど日に焼けていて、袖や裾にのぞく手も足も、そして顔も赤銅《しゃくどう》色だ。

昨夜、兼四郎は半兵衛といろいろと話をした。殺された彼の兄・惣兵衛は、関所役人だったが、それは曾祖父が伊与田村と小岩村に灌漑用水を引くための陣頭指揮を執ったおかげだった。

その功績が関東郡代・伊奈忠達《いなただみち》の目にとまり、苗字帯刀を許され、関所番のお役を預かった。もっとも足軽という役ではあるが、坂田家は伊与田村の名主につぐ組頭も兼務している、いわゆる村の名家だった。

半兵衛は関所番にはついていないが、兄・惣兵衛を慕っていたゆえにその悲嘆は底知れず、日が経つうちに敵討ちを決意したのだった。それが三日前だった。

よって、五人の賊を追う手掛かりは少なく、千住宿の外れまで行って見張ったが、見つけることはできなかった。これはまだ千住宿に入っていないのではないかと考え、それで引き返したところ、宿場の高札場で人相書を見て、五人の賊のことを知ることができたと語った。

「雨がやんだな」

飯を食い終えた十蔵が表を見て、

「ぼちぼち聞き込みに出かけますか」

と、いった。

「うむ。部屋に戻って支度をしよう」

兼四郎は応じて腰をあげた。

客間に戻って着替えをするうちに、表に日が差し、鳥の鳴き声が聞こえてきた。

「高札場に人相書が立てられる前に賊が宿場を抜けていれば、もはや捜す手立てはないが、もし途中の村かこの宿場内に留まっておれば、まだあきらめることはない」

兼四郎が帯を締めながらいえば、

「市中に入ったら、これで終わりですか。そうなると癪《しやく》にさわりますな。なんとしてでもこの手で成敗してやりたいのですが……」

十蔵がぽんと締めた帯をたたいた。そのやり取りが聞こえたらしく、向かいの客間から半兵衛がやって来て、

「賊が江戸に入ったら探索は終わりにされるのですか？」

と、訝しげな目を向けてきた。

「市中に入れば御番所の仕事になる。おれたちが無用な調べをすれば、その邪魔になるということだ」

十蔵が答えるのに、半兵衛は憤ったように鼻をふくらませた。

「あっしは、敵討ちはあきらめませんよ。そうでなきゃ村を出てきた甲斐がありません。本懐を遂げなければ村には帰れないのです」

「思いはわかるが、敵討ちはおいそれとできることではない。だからといって、ここであきらめることはなかろう。いざとなったら助太刀いたそうぞ」

十蔵が顔を引き締めて応じた。

「その節はよろしくお願いいたしまする」

半兵衛は実家が苗字帯刀を許されているせいか、ぎこちない武士言葉を使う。

「まずは、聞き調べをしていない店からあたってみるか」

兼四郎はそういって部屋を出た。

「もう人相書が立てられています。宿場のほとんどの者は、すでに賊のことを知っているはずです」

後ろに従う定次がいう。

玄関で預けた刀を受け取り、旅籠を出ると、旅人たちの姿が多く見られた。雨で足止めを食ったらしく、みんな足を急がせていた。

雨に濡れた地面が差してきた日の光を受けててらてらと光っていた。

それは、みんなが聞き込みをはじめて間もなくのことだった。問屋場のあたりが騒がしく、詰めている役人らが宿場の北へ急いで去って行く姿があった。

何か揉め事でもあったかと思いつつ、兼四郎は近くの茶屋を訪ね、高札場の人相書のことを口にして、似たような侍を見なかったかと訊ねた。

茶屋のおかみと雇いの若い女は、さいわいこの店に立ち寄ったことはないが、怖いことですと、顔をこわばらせ、早く捕まってほしいといった。

「もしものときには、気取《けど》られぬように問屋場に知らせることだ」

兼四郎は忠告をしてその茶屋を出、つぎの店に向かった。そうやって三軒目に訪ねた店から出たとき、定次が駆け寄ってきた。

「旦那、殺しがあったそうです」

「なに。どこでだ?」

「この宿場の外れらしいです。殺されたのは問屋詰めの馬役だといいます。気になりませんか……」

兼四郎は一度問屋の方角に目を向け、それから往還の北を見た。その方角へ急いで行く問屋詰めの役人らしき者がいたからだ。

「賊と関係ないことかもしれぬが、見に行ってみるか」

「それじゃみんなを呼んできましょう」

定次が去ると、兼四郎は先に歩き出した。千住四丁目から五丁目に入ると、野次馬らしき男や女が、水戸街道の方角を眺めながらささやきかわしていた。

「殺しがあったらしいが、場所はわかるか？」

兼四郎が誰にともなく訊ねると、この先にある二つ目の橋らしいですと、前垂れに襷姿の男がこわごわした顔で答えた。

その道に入ったところで、定次たちが駆けつけてきた。

問屋場詰めの馬役は五丁目の先にある、庚申橋《こうしんばし》という橋の近くで殺されていた。五、六人の男たちが集まっており、すでに死体は戸板に乗せられていた。

「千吉といううちの馬役です」

兼四郎が近づいて訊ねると、
と、一人の男が答えた。

「おぬしは？」

「あっしは馬指の与一《よいち》といいます。なんでこんなことになったのか……」

馬指の与一は、顔をゆがめ無念そうに首を振り、戸板に乗せられた死体を見た。

「死体をあらためさせてくれぬか」

「へえ、かまいません」

死体には何もかけられていなかった。仰向けに寝かせられて、息をしていない千吉の目は閉じられていたが、胸のあたりが泥で汚れていた。傷は見られない。体を動かして背中を見ると、肩口から背中にかけて刀傷があった。背後から一太刀で斬られたというのがわかった。

「この者の家はどこだ?」

「この先の村です。小菅村の百姓・粂蔵の倅です」

兼四郎は十蔵を見てから、与一という馬指に目を戻した。

「このこと知らせに行ったのか?」

「これから行くところです」

「この者を見つけたのは誰だ?」

まわりにいる男たちを眺めると、小柄な百姓が進み出てきて自分だといった。宿場の飯屋に採れた野菜を届けに行く途中だったらしい。まだ小半刻もたっていないと言葉を足した。

馬指の与一は死体を問屋場に運ぶか、それとも千吉の家に運んだほうがよいかと、まわりの者と相談し、どうせ実家に戻すことになるから小菅村の家に運ぼうということになった。

「ならばおれたちも供をしよう」

兼四郎はそういったあとで、自分たちは五人の賊を追っている者で、半兵衛は小岩市川の関所でその五人に殺された関所役人の弟だと話した。

「それじゃ運ぼう」

馬指が声をかけると、男たちが戸板を持ちあげた。

六

「どうするんだ。こんな死体だらけの家にいつまでもいたってしょうがねえだろう」

百助がなじるような声を出して、七兵衛を見た。

七兵衛はにらみ返した。内心で斬り捨てようかと考えたほどだ。千吉を追って斬り捨ててきた才蔵にも腹が立っていた。

しかし、自分はどうだと考える。七兵衛は粂蔵の長男・万吉を斬っていた。殺すつもりはなかったが、百助が台所にいた粂蔵とおたにを斬ったのがきっかけだった。目の前で両親が斬られるのを見た万吉は、「人殺し！」と悲鳴のような喚《わめ》き声をあげると、そのまま家を飛び出していった。

それを見た七兵衛は逃がしてはならぬと思い、刀をひっつかんで万吉を追った。雨の降るなか、万吉は泥飛沫《どろしぶき》を撥《は》ねあげて裸足で逃げていた。何度か七兵衛を振り返り、悲鳴じみた声もあげた。

追う七兵衛の頭には、万吉を逃がしてはならないという考えしかなかった。万吉が表の道に出る前に、泥濘《ぬかるみ》に足を取られて転んだ。髪を振り乱した七兵衛が近づくと、

「人殺し！」

と、尻餅をついたまま万吉が恐怖に引きつった目を向けてきた。

人殺しと罵られた七兵衛は一瞬にして頭に血を上らせ、そのまま袈裟懸《けさが》けに刀を振り下ろした。

万吉は断末魔の悲鳴をまき散らし、首根から鮮血を迸《ほとばし》らせて息絶えた。

そのまま血刀《ちがたな》を下げて粂蔵の家に戻り、上がり框に座り込んで荒れた気持ちを鎮めていると、才蔵が戻ってきた。

「万吉の死体があったが、どうしたんだ？」

と、才蔵が聞いた。

七兵衛は才蔵にゆっくり顔を振り向け、斬ったといった。

「百助が粂蔵とおたにを斬ったのだ。それを見た万吉が逃げた。いたしかたなかった」

七兵衛が言葉を足すと、才蔵は座敷に座っている百助を見てから、

「おれも千吉を斬ってきた」

と、つぶやいた。

七兵衛ははっとなって才蔵を見返した。

「やつは宿場の馬役だ。問屋場に行けばおれたちのことが知れてしまう。斬るしかなかった」

七兵衛は才蔵の言葉に、肩を落としてため息をついた。

「七兵衛、雨はあがった。ここにいてもどうにもならぬぞ。どうする？」

秀之助が声をかけてきた。

「そうだな」

「才蔵は千吉を斬った。それも宿場の近くだ。遅かれ早かれ宿場で騒ぎになるのはあきらか。ここにいるのは得策ではない」

「わかっている」

「だったら早くずらかるしかねえだろう！」

百助が苛立《いらだ》った声をあげて立ちあがった。

「死体はどうするんだ？　放っておくのか……」

源三がみんなを眺めた。

「お人好しにも埋めてやるっていうのか。たわけ。そんな手間暇をかけているうちに宿場の者が来たら面倒だろう」

百助が言葉を返すと、源三は黙り込んだ。

「行こう」

七兵衛は立ちあがった。

「どこへ行く？」

戸口を出たところで秀之助が顔を向けてきた。

「宿場には行けねえぜ。かといって引き返すわけにもいかねえ。この村の奥はどうなっているんだ？」

七兵衛はわからぬと答えるしかない。往還の北に目を向ける。高い山はない。視界はおおむね開けているが、台地状の土地なので起伏があり、小高い森がところどころにあり、百姓家が思い出したようにぽつんぽつんと建っている。

「とにかくこの家を離れよう」

七兵衛はとぼとぼと歩きはじめた。江戸に行く予定が大幅に狂い、行き場をなくしていた。そもそものはじまりは、関所で百助が行商人を斬ったことだった。あのとき騒いだ旅の母娘を才蔵が斬り、百助が騒ぎを止めに来た関所役人を斬り捨てた。源三はもう一人の役人を斬り怪我をさせてもいる。

そして、七兵衛もついに人を斬った。

国を捨て、江戸で一旗揚げるつもりだったが、もうそれは望めぬことになった。無宿の浪人になり、そして人殺しになった。

雨のやんだ稲田が雲の隙間から差し込む日の光に輝いていた。燕たちが飛び、林のなかで鳥たちが鳴いている。

七兵衛たちは稲田と稲田の間を縫う、細い道を歩いていた。道のところどころに水溜まりがあり、空を映していた。畦には彼岸花が咲き、伸びはじめている青い薄《すすき》があった。

七兵衛はどうしてこいつらは自分についてくるのだと、内心で疑問に思った。何度も仲間割れしそうになっているのに、誰も離れようとしない。

（わかっている）

誰も頼る者がいないからだ。いまはこの仲間だけが頼りなのである。見も知らぬ田舎道を辿っているが、いったいこの先にどんな土地があるのかわからない。

行き場を失った五人はあてどなく歩くしかなかった。だが、小さな川に架かった板橋をわたったとき、秀之助が立ち止まってみんなの足を止めた。

「昨日、おれたちは江戸へ行くのをあきらめた。そして、日光道中を辿ろうと決めたのではなかったか」

たしかにそんな話をしたなと、七兵衛はそれが遠い過去のような気がした。これまでの何もかもが昔の出来事のように思われる。恵まれもせず浮かばれもしない足軽侍だったことも、夢だったのではないかと思ってしまう。

「村をまわり込んで日光道中に出るんだ」

秀之助がみんなを鼓舞するようにいった。その顔が雲間から差す日の光に炙られていた。

「行こう」

秀之助が歩き出すと、みんなはあとに従った。

七

「こ、これは万吉じゃねえか……」

そういって絶句したのは馬指の与一だった。

兼四郎は凝然《ぎょうぜん》と死体を見て、

「万吉というのは誰だ？」

と、与一に問うた。

「粂蔵さんの長男です。ど、どうしてこんなことに……」

与一は声をふるわせた。千吉の死体を乗せた戸板を持っている者たちも、青ざめて言葉を失っていた。

万吉は仰向けに倒れ、焦点をなくした目を虚空《こくう》に向けていた。首根を深く斬られていた。鮮血が周囲に広がっており、死体の近くには血溜まりがあった。

「これではひとたまりもなかっただろう」

兼四郎は息絶えている万吉のそばにしゃがんで、開いている目を閉じてやった。それから粂蔵の母屋に目を向けると、

「おぬしらはここで待て」

与一らに指図をすると、十蔵と定次に顎をしゃくって粂蔵の家に向かった。

戸口を入った左側に板座敷があり、五つの湯呑みと急須が二つ置かれていた。家のなかはがらんとしている。

そのまま土間を進むと竈と流しのある炊事場だった。竈のそばに中年の男が血を流して倒れており、裏庭への出入り口になっている勝手口の近くに女の死体があった。

二人とも血を流して倒れているが、斬られて長く時間はたっていないとわかる。

「定次、与一を呼んでこい」

「はい」

兼四郎に指図された定次が表に飛び出していった。

「ひでえことを……」

新たな死体を見た半兵衛が、憤ったつぶやきを漏らした。

「やつらの仕業だろうか……」

「わかりません」

答えた十蔵は座敷にあがって部屋を見てまわった。兼四郎は流しを見て、二つの竈を見た。ひとつには鍋がかけられ、もうひとつは飯釜だった。鍋には味噌汁が入っており、まだ温かかった。竈にくべられた薪には熾火《おきび》が残っていてくすぶっていた。

「八雲さん、板座敷にある湯呑みは五つです。奥の部屋はとくに荒らされてはいません」

家のなかを見廻ってきた十蔵が声をかけてきた。

「これを見ろ」

兼四郎は流しの横にある台を示した。茶碗と味噌汁椀が五つ。箸が五膳。

十蔵はかたい顔で目をみはり、

「やつらの仕業と見てよいのでは……」

と、喉奥からしぼり出すような声を漏らした。そのとき、定次が与一を連れてきた。

与一は二つの死体を見るなり、口を塞いで体をふるわせた。

「ど、どうして、どうしてこんなことが……」

「与一、この死人のことはわかるのだな」

「へ、へえ。粂蔵さんとおたにさんです。万吉と千吉の親です」

与一は体と同じように声もふるわせた。

「この一件、急いで問屋場に知らせるのだ。あとのことは宿役人にまかせる」

「それじゃお武家様たちは……？」

与一は不安げな顔を向けてくる。

「おそらくこの家を襲ったのは、手配りされている五人の賊であろう」

兼四郎はそういって、湯呑みや茶碗、それから箸などの数が五つだと付け足した。

「すると、賊は宿場には来ていなかったんですね」

「それはわからぬ」

兼四郎はそう答えると、十蔵と定次に表を調べるように指図し、もう一度家のなかを仔細に見てまわった。

賊がこの家を離れてそう時間はたっていないはずだ。くすぶっている竃の火が何よりの証拠だろう。

しかし、なぜこの家の者たちは殺されなければならなかったのだ。粂蔵夫婦は炊事場で殺されていた。女房は飯の支度をしていたはずだ。そして五人の賊は板座敷で茶を飲んでいた。

五人は朝早くここに来たのか？　それとも雨を避けるために、昨夜泊まったのか？

一泊したのなら、そのまま朝餉を食べて去ればよいだけのことだ。だが、何かが起きた。

（千吉か……）

兼四郎は部屋を見廻りながら千吉の死体を思い浮かべた。千吉は問屋場で馬役の仕事をしていた。高札場にある人相書を見て、五人に気づいたのかもしれない。

五人は昨夜泊まったが、千吉は朝までそのことを黙っていて、今朝になって逃げるように問屋場に急いだが、賊に気づかれて追われ、庚申橋のそばで斬られた。

勝手な推量だが、そういうことかもしれぬと、兼四郎は内心でつぶやいた。

十蔵がさっきいったように、奥の座敷にも寝間にも荒らされた様子はなかった。

兼四郎が土間に下りると、千吉の死体を運んできた者たちが、その土間に戸板を運び入れた。万吉の死体も家のなかに入れなければならないといって、また引き返していった。

兼四郎が戸口を出たとき、表の道から定次と半兵衛が駆けてきた。

「旦那、足跡があります。それも五つ」

定次が告げた。

「どこだ?」

定次はこの家の裏側に繋がる道だと、その方角を指さした。

「雨上がりなんで足跡ははっきり残っています」

庭には無数の足跡があるので、賊の特定はできなかったが、定次が教えた道にはたしかに五人の足跡が残っていた。それは北のほうに向かっていた。

第五章　三本杉

一

七兵衛たちは粂蔵の家から一里も足を稼いでいなかった。それも、道がだんだん細くなり、ついに農作地に行きついたからだ。しかたなく後戻りをして別の道を辿り、幅五間ほどの川にわたしてある橋を過ぎたところで足を止めていた。

大きな欅があり、その下に地蔵があった。地蔵には風雨にさらされた赤い半纏《はんてん》が着せてあった。供えられた茄子が萎《しな》びていた。

「どうすんだ。どっちが日光だ？　日光に行って何かいいことでもあるのかい」

地べたに座り込んだ篠崎源三がみんなを眺める。

七兵衛は源三のいうとおりだと思った。果たして日光がどんなところかは知らない。ただ、権現様《ごんげん》（家康《いえやす》）と三代様（家光《いえみつ》）の廟《びょう》があるということぐらいだ。どんな町でいかほどの人が住んでいるかもわからない。

「国に戻っちまおう。江戸に行けねえなら国に戻ったほうがましだ」

「たわけ。いまさら国に帰れるものか。考えてみろ。おれたちはお尋ね者になっているんだ」

秀之助がめずらしく声を荒立てた。

「国の家来衆は千住も通れば新宿にも立ち寄る。小岩市川の関所もだ。すでにおれたちのことは国許にも知らされていると考えたほうがいい。そうじゃねえか」

「……そうかもしれねえけど、江戸よりいいところはないのか。おれたちのことを知らない土地ってことだろうが。なあ七兵衛、おまえさんがおれを誘ったんだ。こうなっちまったのは、おまえさんのせいでもある。何か知恵を出してくれ。それに腹が減った」

まったく痩せの大食いとは源三のことである。しかし、たしかに源三のいうことには一理あるし、七兵衛には誘いかけたという責任もある。

「それより、いったいここはどこだ？　小菅村の近くだというのはわかるが、どこをどう行ったら日光道中に出ることができるんだ」

百助があたりを見まわして、疑問を口にする。

「その川を辿っていけばどこへ行くんだ？」

才蔵がわたってきたばかりの橋を見ていった。すると、また源三が愚痴をこぼした。

「こんな苦労をするとはな。江戸に行って楽ができると思っていたのに。とんだ貧乏くじを引いたようなもんだ。あの関所で百助が短気を起こさなきゃ、こんなことにはならなかったんじゃねえか」

「源三、何をいいやがる」

百助が目くじらを立てて源三をにらんだ。

「そうじゃねえか。身の程をわきまえやがれ。おめえのせいで盗人をやって、また殺しをやった。やらなくていいことをやっちまったんだ」

「おめえ……」

百助は顔を真っ赤にして立ちあがり、刀の柄《つか》に手を添えた。

「なんだ、おれを斬るか。斬るなら斬ってみやがれ。ほれ、こうだ」

源三は首を前に突き出した。

「やめろッ！　やめぬか！」

七兵衛は間に入った。

「仲違いをしても何の得にもならん。ここで百助を責めてもどうにもならんのだ。喧嘩《けんか》をする元気があるなら、これから先どうするか知恵を出せ」

百助は「くそッ」と、吐き捨てて座り直した。

「それにしても腹が減ったのはたしかだ。朝飯を食いそびれたからな。まずは何か食おうではないか。といっても、この辺に飯屋はないし……」

才蔵が周囲を眺める。田畑が広がっているだけだ。小高い丘の森があり、ところどころに林がある。人家は見えなかった。

「さっき、百姓の家があった。そこへ行って道を訊ねるついでに、何か食わせてもらったらどうだ。腹の足しになるもんぐらいあるだろう」

秀之助のいう百姓家は七兵衛も見ていた。

「よし、その家に行ってみようではないか」

七兵衛がいうと、他の四人もそれがいいといって、来た道を引き返した。

雨はすっかりあがり、雲も少なくなっていた。代わりに日が照りつけてきて、歩くうちに汗をかくようになっている。

田の稲は実り、桑や南瓜・葱・芋といった畑が見られる。そんな田畑を見ると、飢饉がやっと終わったのだなと思わせられる。

七兵衛は歩きながら考えた。五人で見知らぬ百姓の家を訪ねれば、相手に警戒されるだろう。それにこちらは大小を差した旅の侍である。とくに百助は連れて行かないほうがいいと考えた。

最前目にした百姓家が二町ほど先に見えた。稲田のなかの一軒家という風情だ。家の背後は小高い丘になっていて、その丘の上につづく小道がある。丘の上にも畑があるようで、崖のほうにある竹林が風に揺れていた。

「待て、大勢で行けば警戒される。それに、もしおれたちのことを知っていたらまずい」

七兵衛は立ち止まってみんなを眺めた。

「どうするってんだ」

百助が顔を向けてきた。

「おれと秀之助で行ってくる。おまえたちはここで待ってろ。まずは家の者と話をしてから考えよう」

「じゃあ、おれたちゃここで待つか」

才蔵が杉の木の下に行って、畦にある岩に座った。百助と源三もその近くに行って腰を下ろした。

七兵衛は行こうといって、秀之助をうながした。

「七兵衛、これからもずっと五人で動くつもりか?」

歩きながら秀之助がいう。

「どういうことだ?」

「百助と才蔵だ。とくに百助は厄介だ。こうなったのもやつのせいだし、これから先もやつは面倒を起こしそうな気がする」

七兵衛もそのことを危惧していた。

「五人でつるんでいれば目立つ。どこかで別れることを考えるべきじゃねえか」

「じつはおれも迷っていたんだ」

「だったらあとで話をしよう」

七兵衛はわかったと、秀之助に答えた。

百姓の家の戸口も、雨戸も開け放してあった。母屋の前に庭があり、納屋と馬小屋があった。

「ごめん、誰かおらぬか?」

七兵衛は戸口に立って薄暗い家のなかに声をかけた。

「はい、はい。誰だい？」

返事をして出てきたのは、白髪頭の年寄りだった。

二

「身共は旅の途中であるが、道を間違えて迷ってしまった。その先の道はどこへ向かっているのであろうか？　教えてくれぬか」

七兵衛は普段使わない武士言葉でいった。

「旅のお武家様でございますか。それはご苦労ですな。南へ行けば水戸街道に出ますが、いったいどこへ向かわれるので……」

百姓は五十過ぎのしわ深い男だった。七兵衛は警戒心を与えてはならぬと、やわらかな口調で応じた。

「日光へ向かうのだ。身共らは佐倉藩堀田家の者だ。あやしい者ではない」

七兵衛は用心深く他家の家来を偽《いつわ》った。佐倉藩堀田家といえばこのあたりでは知れた大名家だ。

「佐倉のお殿様の御家来でございますか。日光でしたら、その道を北へ向かうと、途中に大きな三本杉があります。その三本杉を左へ行けば、下妻道に出ます。その先は下妻道に出てからお訊ねになるとよいでしょう」

「三本杉であるな」

「さようです」

百姓はちらちらと秀之助を窺うように見て、七兵衛に視線を戻す。供連れが少ないことを訝しんでいるのかもしれぬ。だから、七兵衛は言葉を足した。

「供連れが他に三人いるのだが、水を飲ませてくれぬか。道に迷ってから何も口にしておらぬのだ」

「水でしたら、どうぞ飲んでください。そこの庭先には湧き水もありますが……」

七兵衛は百姓の指さすほうを見た。大きな欅の下に湧水地《ゆうすいち》が見えた。湧き水は細い水路に流れ込んでいるようだ。

「ならば、あの水をいただこう。ここはおぬし一人で住んでいるのか？」

「古女房《ふるにょうぼう》と二人暮らしです。五人の子がありますが、みんな飢饉のときに村を出て行きました。田も畑もやっと肥えたのに、戻っては来ません。まあ、こんな田舎で暮らすよりは、町のほうがよほど住みよいのでしょう。どうぞ、勝手に飲んでください」

「あいすまぬ」

七兵衛は庭を眺めて、すぐに百姓に顔を戻した。

「厚かましいことを頼むが、もし食い物があれば少しわけてもらえぬだろうか。朝から何も食っておらんのだ」

「冷や飯ならありますが、たくさんはありません。薩摩芋《さつまいも》でよければすぐにも蒸《ふ》かしますが……」

「それは助かる」

「では、お待ちを……」

七兵衛が背を向けようとした百姓を呼び止め名前を聞くと、巳吉《みのきち》と答えた。そのとき、奥に人影があり、女が姿を見せた。巳吉は女房だといって、

「旅のお武家様がお困りで、腹を空かしておられるので芋を蒸かしてくれ」

と、女房に命じた。

庭先にある池は、底の砂を小さく噴きあげながら水を湧き出していた。欅の大木が日陰を作っているので、涼しい場所だ。秀之助が待たせていた三人を呼んできたので、みんなは喉を潤し、そのあとで縁側に座って休んだ。

七兵衛は先の道を北へ向かい、三本杉を左に折れて西に向かえば下妻道に出ると、巳吉から聞いたことを源三らに伝えた。

七兵衛は縁側に腰を下ろした百助と才蔵に、この先面倒を起こしてはならぬと忠告した。百助は不平顔をしたが、何もいわなかった。

女房が塩むすびを運んできて、それから蒸かした薩摩芋を振る舞い、茶を出してくれた。七兵衛らが小腹を満たしているそばに巳吉が座り、昨夜の雨で田も畑も元気になったと聞かれもしないことを話し、

「馬も飼っていたんですが、飢饉で死んでしまい、馬小屋は用なしになりました。倅たちは村を捨てましたが、なんだかわしら親も捨てられたような気がします」

巳吉は洟をすすって、芋は腐るほどあるから遠慮しないで食ってくれと付け足す。

「女房と二人だけで土地を守るのは難儀であろうな」

七兵衛は話をあわせる。

「二人分の食い扶持ぐらいは何とかなりますんで、不自由はしとりません。年貢がなきゃもっと楽なんですが、こんなうら寂しい村にもお役人がまわってきま

す。村役をやっているときは、貧乏暮らしの百姓たちに年貢をせっつくのに気が引けたもんです」

「村役をやっておったのか?」

七兵衛は巳吉を見る。

「あっしは算用が少しできますし読み書きもできます。自慢できることじゃありませんが……」

七兵衛は感心したように、自嘲する巳吉を眺めた。足軽のなかには読み書きも算用もできない者が多いが、この百姓はなかなか学があるようだ。それでも、寂しい村で田畑を耕して暮らしている。

考えてみれば百姓も悪い仕事ではないかもしれぬ。誰に指図されるわけでもなく、上役の目を気にすることもない。それに世間体もないだろう。食うや食わずの小禄で上に媚びへつらい、町の者に三一と陰で馬鹿にされて生きてきた自分は何だったのだろうか。

浮かばれることのない足軽人生が、いまさらながら馬鹿馬鹿しく思われる。しかし、欲をかき、逐電したせいでお尋ね者になり、逃げ隠れしなければならぬ追われる身の上である。つくづくついていないと、内心で深く悲嘆すると、蒸かした薩摩芋が殊《こと》の外《ほか》ありがたく思える。

「そろそろまいろうか」

秀之助が腰をあげたので、七兵衛もそれに倣った。

「巳吉、世話になった。おかげで力がついた。何もできぬが礼を申す」

「へえへえお役に立てて何よりです。道中気をつけてくださいまし」

みんなは巳吉の家をあとにすると、また来た道へ出て北を目指したが、橋をわたったところで、

「おれはもうついていかん。見も知らぬ土地に行くのはいやだ」

と、百助が立ち止まった。

「ならばどこへ行く？」

「おれはおれで好きなところへ行くさ。てめえの道を探して生きると決めた」

七兵衛たちはそういう百助を黙って眺めた。

三

小菅村の百姓・粂蔵の家を出た兼四郎たちは、足跡を頼りに賊の行方を追っていたが、途中で道が砂利になると足跡が消えていた。それでも勘を頼りに進んで

いったが、道が乾きはじめてついに足跡を見なくなった。

道は北へつづいているが、その道は途中でいくつかに枝分かれしていた。そこで、兼四郎たちは目についた百姓家を訪ね、五人連れの侍を見なかったかと聞きながら足を進めていた。

賊となった五人の侍を見たという者はいなかった。おかしなことだ。

「旦那、途中でやつらを追い抜いているかもしれません」

一軒の百姓家から戻ってきた定次が告げた。

「ここまで来る途中にはいくつか分かれ道がありました。もし、賊がその道を使っていれば、見当違いなことをしているかもしれません」

「たしかに、さようなこともあろう。十蔵、どう思う？」

兼四郎は十蔵を見た。

「定次のいうとおりかもしれませぬが、もっと先に行っていることも考えなければなりません」

「うむ。では、いかがする」

兼四郎はつぶやきながら日の差してきた空を見あげ、周囲に目を配った。野良仕事をしている百姓の姿が遠くにある。稲田の上を燕が飛び交い、遠くの林が風に揺れていた。

「少し休むか」

兼四郎はそういって、銀杏の木陰に行って腰を下ろした。ここまで歩きづめで少々疲れていた。定次が気を利かして水の入った竹筒をわたしてくれたので、それに口をつけ、みんなでまわし飲みをした。

「五人は江戸へ行って道場で師範をするとか、そんなことを市川河岸の茶屋で話していますね。やつらの仲間はその師範に、吉田秀之助がふさわしいようなことを口にしていたはずです」

十蔵がいう。

「さようなことを聞いたな」

「やつら江戸で道場を開くつもりだったのか、それともツテを頼って剣術道場に入るつもりだったのかもしれません。ところが、賊は江戸と逆の方角に向かっています」

「もっともなことだろう。江戸に行けば御番所の目がある。関所や新宿で人を殺したばかりでなく、小菅村でも残虐な殺しをやっているのだ」

「やつらは自分たちが手配りされていることや、人相書が出ていることを知っているんでしょうか……」

「知っていると考えるべきではないか」

「半兵衛殿、そなたは小塚原町で見張りをしていたのだな」

十蔵は半兵衛を見た。

「はい。侍を見れば穴が開くほど目を凝らしていました」

「されど、小塚原町に行くとき、高札場には人相書はなかった。人相書を見たのは小塚原町から引き返してきたときだった」

「たしかに……」

「賊が千住宿に泊まらず、粂蔵の家に泊まったというのは、やはり人相書に気づいたからではないでしょうか」

定次がみんなを眺めて、言葉を足した。

「五人が宿場に入ったのではなく、仲間の一人か二人が先に宿場の様子を見に行き、そこで人相書に気づいたので、粂蔵の家で足を止めていたのかもしれません」

「いろいろとお考えでしょうが、賊を追うしかないのではありませんか」

半兵衛が口を挟んだ。

兼四郎はそのとおりだと思う。いまはいらぬ推量をする場合ではない。粂蔵の家を出た賊が北へ向かったのはたしかなのだ。

「引き返してみるか、それとももう少し先へ行ってみるか……」

兼四郎はみんなを眺めた。

「もう少し行ってみましょうか。それで賊を見たという者がいなければ、一度引き返すということにすればいかがでしょう」

十蔵が答えた。

「では、そうしよう」

兼四郎は立ちあがって、道の先を眺めて足を進めた。

そこは小菅村の北外れであった。青々とした稲田が広がり、桑畑や野菜畑がある。作物は一年前に比べると、かなり育ちがよくなっているように見える。

小高い山はあるが、それは高くはない。坂道もあるが、さほど急ではなかった。百姓家が道の脇や畦道を行った先に点在しているが、数は多くなかった。鄙《ひな》びた村である。

雨で湿った道は徐々に乾きはじめている。足跡がないか注意をして見ているが、五人の賊のものか、村人のものか区別がつかなかった。

二町ほど進んだところに百姓家が見えたので、定次が訪ねて行ったがすぐに戻ってきた。家人は留守だったらしい。それからしばらく行った稲田の先にも家があったので訪ねたが、やはり留守だった。雨戸も戸も不用心に開け放たれているが、田舎は戸締まりがゆるやかだ。それだけ犯罪が少ない証拠である。

「足跡もなければ、賊を見た者もおらぬか。やれやれ、ほんとうにこの道を使ったのかな」

十蔵が懐疑的なことを口にした。

それからまた右手に百姓家が見え、庭に動く男がいた。

「あの家は留守ではないな」

兼四郎はそういうなり、その家に足を運んだ。庭にいたのは年寄りの百姓で、兼四郎たちに気づくと、

「やれやれ、今日はお武家様がまた見えた」

そんなことをいって、ぺこりと頭を下げた。兼四郎はそのつぶやきを聞き漏らさず、きらりと目を輝かせた。

「そのほう、いま武士が来たようなことを口にしたな。それは五人組ではなかったか」

百姓は短く目をしばたたき、

「さようです。佐倉の殿様のご家来が見えたばかりです。お武家様たちもお仲間ですか？」

と、言葉を返してきた。

兼四郎は十蔵と顔を見合わせると、百姓に近づいた。

四

「そ、そりゃあ……」

巳吉と名乗った百姓は、兼四郎の話を聞くなり細い目を大きく見はって驚いた。

「わしゃ、てっきり道に迷ったお武家様だと信じ、お困りならお役に立ちたいと思ったんです。喉が渇いてらっしゃるんで、そこの湧き水を教えてやり、そのあとでにぎり飯と蒸かし芋を差しあげました。あの侍たちが、人殺しだったとは……」

巳吉はあわあわと口を動かして、兼四郎を眺めた。

「それで、五人がどこへ行ったかわかるか？」

「日光に向かうとおっしゃったんで、そこの道を北へ向かえばやがて三本杉のある分かれ道に出るので、そこから西へ向かって下妻道へ出て、また誰かに聞いてくれと教えたんでございます」

兼四郎は十蔵と顔を見合わせ、すぐ巳吉に顔を戻した。

「その三本杉までいかほどある？」

「半里もありません。いや、それにしても粂蔵さんを殺したってぇのは、ほんとうでございますか」

「間違いないであろう」

「ああ、なんてことをなんてことを。粂蔵さんはいっとき、わしといっしょに御《ご》膳所《ぜんしょ》の手伝いをしていたことがあるんです。ほんとに粂蔵さんが……おたにさんも、二人の倅も……鬼畜生じゃありませんか」

巳吉はしわ深い顔を悲痛にゆがめ、地団駄《じだんだ》を踏んで視線を彷徨《さまよ》わせた。

「御膳所というのは何だ？」

十蔵が疑問を口にした。

「この村には昔、御代官のお屋敷があったんです。小菅屋敷とか小菅御殿といっとったそうですが火事で焼けて、いまは御殿代わりの小さな屋敷が建っています。そこを御膳所といいまして、将軍様が鷹狩りに見えたときにお休みになるんです。その昔は代官陣屋だったそうですが、いまはそうなっとります」

巳吉は早口で答え、「どうしよう、どうしたらよいだろうか」と、家の戸口に何度も顔を向けた。

「条蔵一家の死体《ほとけ》は宿場に運ばれているはずだ。始末は宿役人と村役がどうするか相談しているだろう」

兼四郎が教えると、巳吉ははっと我に返ったような顔つきになり、

「それにしてもとんだ親切をしました。人殺しの侍だとは思いもしなかったんで……ああ、つるかめつるかめ」

と、拝むように手をすり合わせた。

「八雲さん、賊はまだ遠くに行っていません。追いつけるかもしれません」

目を光らせていう十蔵の言葉に、兼四郎は強くうなずき、

「巳吉、条蔵一家の弔《とむら》いもあるだろうが、十分気をつけることだ」

と、忠告を与えて表の道へ引き返した。

「やっと賊の尻尾を捕まえられそうだ。少し急ぐか」

「目印は三本杉ですね」

十蔵が追いかけてきていう。

「うむ。それにしても巳吉は殺されなくてよかった」

「まったくです。しかれど、賊は江戸へ向かわず日光へ向かうというのは、どういうことでしょう？」

「江戸へ入るのは得策ではないとわかっているからだろう。おそらくやつらは自分たちの人相書が出ているのを知っているのだ」

「賊は佐倉藩の家来だと巳吉にいっていますが、そうだとすればやつらの所業は、藩目付の耳にも入っていてもおかしくはありません」

「であれば、やつらは目付からも逃げなければならぬということだ。いずれにせよ五人の賊に近づいているのはたしかだ」

兼四郎は道の先をにらむように見て足を急がせた。

「あれが三本杉だ」

七兵衛は仲間を振り返って前方を指さした。三本杉のところで道が二手に分かれている。巳吉という百姓がいったとおりだ。

「左へ行けば下妻道に出られるのだな」

秀之助がそういって百助を振り返った。百助はみんなと別れて、自分一人で好きなところへ行くといったが、七兵衛がなだめすかしてここまで連れてきていた。

「百助、もう臍《へそ》を曲げるな。おれたちに行くところはねえんだ」

「……………」

百助は口を引き結び、黙っている。

「百助、一人じゃ何もできねえだろう。おれたちといれば、何とかなる。そうは思わぬか。まあ観念することだ。観念堪忍てな……」

才蔵が剽げたことをいって勝手に笑った。

「下妻道はどこへ向かっているんだ？」

百助が金壺眼を光らせて、七兵衛と秀之助をにらんだ。

「南へ行けば千住だ。北へ向かえば大原だと聞いているが、その先はわからぬ」

七兵衛が答えると、百助がすぐに言葉を返した。

「下妻道というぐらいだから下妻に通じているのではねえか。下妻といやあ、土浦から戌亥《いぬい》の方角にあるところだ。おれは一度行ったことがあるが、何もねえど田舎だった」

「下妻に行くつもりはない。さしあたり日光を目指しているだけだ」

「日光へ行ってどうするんだ？」

「それは道々考える」

「やっぱ、おれはやめた。おれは行きたくねえ」

「ならばどこへ行くという？」

「江戸だ」

　七兵衛は目をみはった。

「千住は通らねえ。荒川《あらかわ》沿いを辿り、どこかで川をわたって江戸に入る。江戸は人も多い。おれ一人ぐらい何とかなるさ。町奉行所なんて怖がることはねえ。おれは江戸に住む。端からそのつもりだったんだ。いまさら見知らぬ在に行く気はねえ。悪いが、ここでおれは別れる」

　百助は意志の固い目になって仲間を眺めた。

「みんな世話になった。達者でな」

　百助はそういうと、くるりと背を向けて歩き去った。

　七兵衛は呼び止めはしなかった。こういうときが来るかもしれないという予感めいたものも感じていた。

才蔵が百助と七兵衛たちを見た。

「どうするんだ?」

「もう止められぬだろう。放っておけ」

秀之助が答えると、才蔵は短く足踏みをして、去りゆく百助の後ろ姿を見、そして七兵衛たちに顔を戻し、

「おれも江戸に行く」

と、いって百助を追いかけていった。

七兵衛たちは「あ」と声を漏らしただけで、才蔵を見送った。

五

巳吉という百姓の家を出た兼四郎たちは、古隅田川《ふるすみだ》に架かる橋をわたったところで一度休憩を取った。

朝の雨が嘘のように空は晴れわたり、日差しが強くなっていた。

「それにしてもこの辺は店どころか茶屋もないところだな。この先の村に店があればよいが……」

十蔵が晴れた空を見あげていう。

「街道から逸れている道なので、何もないのでしょう」

草鞋を履き替えながら定次が応じる。

「その街道はどっちだ？」

「多分、西のほうでしょう」

半兵衛が西の方角を見ていう。

「どこかの百姓家で何か食わせてもらうか。街道に出るまでいかほどかわからぬからな」

兼四郎は樫《かし》の木の根方に座っていたが、尻を払って立ちあがった。

「三本杉までいかほどあるだろう」

疑問には誰も答えられない。

「では、まいりますか」

十蔵が菅笠を被り直して立ちあがると、みんなは再び賊を追って歩きはじめた。道は幅一間半ほどだ。道の脇には稲田や畑があったが、そのあたりから雑木林に挟まれたゆるやかな坂道が多くなった。道は小山の裾を縫うように曲がって延びていた。

小さな川が何本かあり、板橋がわたされている。もう賊の足跡など見ることはできなかった。林のなかで鳥たちが鳴き、蜩の声も聞かれた。

坂道が終わり平坦な道になると、深緑の森が畑の先にあり、ぽつんとそこに置き忘れられたような百姓家があった。

「何か食いものをわけてもらいましょうか。あっしが行ってきます」

定次がそういって百姓家に足早に向かって行ったときだった。

道の先から二人の旅の者があらわれた。侍である。

「八雲さん」

十蔵に声をかけられる前に兼四郎も気づいていた。

菅笠の庇を持ちあげて目を凝らした。やってくる二人の侍は一度立ち止まって、兼四郎たちを窺うように見たが、そのまま歩き出した。

兼四郎たちは立ち止まったまま、二人の侍を迎えるように待った。

「もしや、賊の仲間では……」

緊張した声を漏らすのは坂田半兵衛だった。

「二人だけだ」

十蔵がつぶやく。

やってくる二人の侍との距離が、だんだん詰まってきた。

兼四郎は野禽《やきん》のような目で近づいてくる二人の侍を凝視した。賊は五人。巳吉の家にも五人はあらわれている。二人だけなら違うかもしれない。

一人は小柄で、もう一人は細身の体。互いの距離が半町ほどになった。二人の歩みはゆるくなったが、立ち止まりはしない。無言のまま近づいてくるが、兼四郎には相手が警戒しているのがわかった。

「待たれよ」

兼四郎は声をかけた。二人の侍は無言で立ち止まり、菅笠の陰になっている目を光らせた。

「いずこからおいでになった？」

兼四郎は二人を凝視した。細身の男は金壺眼だ。もう一人は小柄で丸顔。

「無礼なことを聞く。どこから来ようがこちらの勝手。先を急いでいるので、どいてもらおう」

小柄の男が答えて歩き出した。兼四郎は脇に避けたが、言葉を足した。

「身共らは五人の侍を追っているのだが、道中で出会わなかっただろうか」

細身の男の片頬が引きつったように動き、兼四郎をにらんだが、すぐに視線を外した。

（こやつ、上田百助ではなかろうか……）

「その五人は人殺しである」

「きさま、何者だ？」

細身の男が背を向けたまま聞いた。

「浪人奉行だ。五人の賊は小岩市川の関所で人を斬り、新宿でも人を斬っている。さらに、この村の先にある小菅村の百姓一家を殺してもいる。もしや、そのほう」

細身の男が顔だけを向けて、にらむように見てきた。

「上田百助ではないか。そして、おぬしは……」

そこまでいったとき、細身の男の体が翻《ひるがえ》った。同時に刀を鞘走《さやばし》らせ、振り返りざまに斬り込んできた。

兼四郎は下がってかわすなり刀を抜き払った。

「やはり、そうか……」

身構えたまま兼四郎は上田百助をにらんだ。もう一人は六車才蔵に違いない。

その男も刀を抜いていた。

「浪人奉行って……それは……」

坂田半兵衛が疑問を口にしていた。兼四郎がそういう偽の役目にあることは話していないので、もっともなことだ。

「半兵衛、下がっておれ」

十蔵が半兵衛の前に出て、六車才蔵に刀を向けた。

「他の仲間はどこにいる？　おぬしは六車才蔵であろう」

十蔵の問いに才蔵は答えなかったが、半兵衛が驚いたような声を漏らした。

「き、きさまだな、おれの兄貴を斬ったのは！」

半兵衛が敵と気づいて声を張った。刀を構えたが顔に似合わず、へっぴり腰だ。

「邪魔くせえ！」

百助が兼四郎に斬り込んできた。兼四郎は受け流して、小手を斬りにいったが、うまくかわされ立ち位置が逆になった。

兼四郎は落ち着いて百助の動きを見る。百助は膝を落として、摺《す》り足で詰めてくる。腕に覚えがあるとわかった。

「おりゃあ！」

近くで十蔵が気合いを発した。同時に鋼の打ち合わさる音。

十蔵が六車才蔵と刃を交えたのだ。

百助が突きを送り込んできた。その切っ先が兼四郎の袖口をかすり、すぐに引きつけられた。瞬間、兼四郎は前に出て、袈裟懸けに刀を振った。

ピシッと、肉を断ち斬る音がして、小さな血飛沫が散った。兼四郎の刀が百助の右腕を斬ったのだ。顔をしかめて百助が下がると、追い込んで逆袈裟《ぎゃくげさ》に刀を振りあげた。

刃先は百助の菅笠を断ち切っていた。その衝撃で、菅笠が宙を飛んで地面に落ちた。

百助の顔に動揺が走るのがわかった。兼四郎はすかさず詰めて、上段から斬り込んでいった。百助はすりかわそうとしたが、間に合わずに左肩を斬られていた。

「くそっ……」

百助は唾を吐き捨てて下がった。左肩に血がにじみ、袖口から血が滴《したた》っていた。右手一本で刀を持ち、兼四郎に憎々しげな目を向ける。

「半兵衛、兄者の敵を討て。いまだ」

兼四郎がそういったとき、「待て！」という十蔵の声と駆け去る足音がした。

逃げる六車才蔵を追いかける十蔵の姿が目の端に見えた。

「半兵衛、敵だ。討て、討たぬか」

兼四郎はけしかけるが、半兵衛は及び腰で刀を振りあげたまま前に出られないでいる。それを見た百助が右手一本の片手斬りで、半兵衛に斬りかかった。

「あっ……」

兼四郎が声を漏らしたとき、百助の刀が鋭く振り下ろされた。しかし、半兵衛は戦《おのの》いて飛びしさり難を逃れた。

兼四郎は百助に二の太刀を許してはならぬと、とっさに動いた。

つぎの瞬間、百助は首根を深く斬られ、血飛沫を噴き散らしながら横向きに倒れ、そのまま道に倒れ伏した。

「あわ、あわ、ああ……」

半兵衛が言葉にならぬ声を漏らして尻餅をつき、顔色をなくし、目をみはって百助の死体を見ていた。

「旦那、旦那……」

声を聞いた兼四郎が一方を見ると、慌てたように定次が駆け戻ってくるところだった。

六

「この侍は……」

百助の死体を見た定次は、唖然と口を開けて兼四郎を見た。

「賊の一人、上田百助だ」

「まことに……」

定次は目をしばたたき、十蔵がいないことに気づいた。

「波川さんは？」

「もう一人の賊、六車才蔵を追っていった」

兼四郎は道の先を見てから百助の死体の懐を探った。往来手形があった。それには百助の在所と名前が書かれていた。

在所は「土浦内西町外足軽町」となっており、やはり上田百助と名前が記載されていた。発行者は不動院《ふどういん》という寺の住持《じゆうじ》になっていた。

「賊は佐倉藩の者ではなく、土浦藩の者のようだ」

兼四郎は立ちあがって、道の先を見た。六車才蔵を追っていた十蔵が引き返してくるところだった。

「坂田さん、坂田さん……」

定次が尻餅をついている半兵衛に呼びかけた。

半兵衛は呆然とした顔を定次と兼四郎に向け、唇をふるわせていた。

「そなたの兄者の敵はこれで討ったことになるが、いかがする？」

兼四郎が声をかけても半兵衛は目をみはったままだった。猪首で強情な顔つきだが、すっかり肝を潰したような体たらくだ。

「あ、あっしは、戻ります」

半兵衛はやっと言葉を発し、ゆっくり立ちあがった。

「も、もう敵討ちはできねえです」

「されど、ここにあるのはおぬしの兄の敵ではないか」

「いいや、もうできねえです。もう十分です。憎い敵でも、斬られるのを目の前で見てすっかりまいりました」

半兵衛は怯えていた。顔に似合わず小心者のようだ。

「それに八雲様が浪人奉行様だったとは……」

「半兵衛、それは偽の役目だ。はったりを噛ましただけだ」

「それでも八雲様は強いお侍です。敵討ちを肩代わりしていただき礼をいわなければなりません。ありがとうございます。ありがとうございます」

半兵衛はぺこぺこと頭を下げる。

そこへ十蔵が戻ってきた。逃げられたといって、上田百助の死体を見た。

「こやつは、やはり賊の一味でしたか」

「土浦藩の者のようだ。往来手形には足軽町とあるので、元は足軽だろう」

「では、土浦藩土屋家の家来。それが、他国で殺しや盗みをやるとは……」

十蔵が首を振って百助の屍《しかばね》を見ると、

「波川さん、お世話になりました」

と、半兵衛が頭を下げた。

「八雲様に敵を討っていただきました。もう、これで十分です。敵を討つと勇《いさ》んで村を出てきましたが、あっしにできることではありませんでした。それに、目の前で人が斬られ死ぬところを見て、心の臓が止まりそうです。たとえ兄の敵とはいえ、あっしにはそんな勇気はありません。刀は差していますが、剣術はからっきしなんです。とにかく、あっしはこのまま帰りたい、帰らせていただけませんか。お願いいたします」

半兵衛は怯え顔で懇願する。

兼四郎は十蔵とあきれたように顔を見合わせて半兵衛にいってやった。

「おぬしがそれでよいなら、おれたちは何もいわぬ」

「へえ、それじゃあっしはここで別れさせていただきます。お世話になりました。それにしても、人が殺されるってぇのは気持ちのいいもんじゃありません。此度《こたび》はいくつもそんな死体を見て、生きた心地ではいられません」

半兵衛はそういいながら、後ずさるように兼四郎たちから離れていく。

「まっすぐ村に帰るのか？」

「へえ、そうさしてもらいます。どうかお咎めはご勘弁を」

「咎めなどせぬ」

「ありがとうございます。それじゃこれで……」

半兵衛は両手を合わせ拝むように頭を下げると、来た道を引き返していった。

その半兵衛を見送りながら、定次がいった。

「粂蔵の家で死体を見たとき、あの人は唇の色をなくしてふるえていました。そんなことで敵討ちができるのかと思ったんですが……」

「そうであったか」

兼四郎は歩き去る半兵衛を眺めた。顔に似合わず気の小さい男なのだろう。それでも、兄の敵を討とうと勇を鼓したまではよかったが、実際に死ぬか生きるかの戦いを目のあたりにして心が竦《すく》んでしまったようだ。

だが、それが普通の人間なのだろう。簡単に人を斬ることのできる人間のほうが、よほどおかしいのだ。

「それでどうします？　六車才蔵は仲間のところに戻ったと思いますが……」

十蔵が顔を向けてきた。

「追うしかない。それがおれたちの役目だ」

兼四郎はそう答えてから、

「定次、あの百姓の家は……」

と、聞いた。

「留守でした。戻ってきたらこういう騒ぎになっていて驚きました」

「ならば、賊を追うしかあるまい。行くか」

兼四郎はもう一度歩き去る半兵衛を見た。半兵衛もちょうど振り返ったところだった。恐縮したように肩をすぼめ何度も頭を下げている。

七

七兵衛たちは三本杉から西への道を進んでいた。百助と才蔵が仲間から外れたが、七兵衛は足を進めるうちに、それはそれでよかったかもしれないと思った。そもそもお尋ね者になったのは、関所で悶着を起こした百助のせいであった。気の短い一本気な性分だというのはわかっていたが、まさかあそこまで愚かな男だとは思っていなかった。しかし、けなげな一面もあり、七兵衛を慕ってもいた。だから、江戸行きの仲間にしたのだが、結句、間違いであった。

（まあ、もうよいだろう）

七兵衛は歩きながら百助のことを忘れることにした。だが、その百助を追っていった才蔵のことも気になっている。

「厄介者がいなくなったと思えばよいのではないか」

深刻そうな顔をして歩く七兵衛の心のうちを察したのか、隣に並んで歩く秀之助がいった。七兵衛は黙って秀之助を見た。

「この先のことを考えるだけだ。そうであろう」

「うむ」

七兵衛は短く応じて道の先を見る。分かれ道の目印になっている三本杉のあるあたりは、伊藤谷村《いとうや》だということを野良仕事をしていた百姓に聞いて知った。いま七兵衛たちが進んでいる道が、弥五郎新田を抜けて下妻道に出るというのもたしかめていた。

「腹が減ってきたな。街道に出れば茶店ぐらいあるだろうな」

例によって篠崎源三が気楽なことをいう。

「そうだな。もはや急ぐ旅ではない。下妻道に出たら一休みしよう。もういくらもないだろう」

七兵衛は道の先に目をやった。高く昇っている日が、周囲の林の深緑を眩しくしていた。湿っていた道も乾きはじめている。

途中にいくつか細い川があり、板橋が架けられていた。稲田で草取りをしている百姓の姿をときおり見かけるようになったのは、天気がよくなったせいかもしれない。

「おい、待ってくれ。待ってくれ」

突然、背後からそんな声が飛んできた。

七兵衛が立ち止まって振り返ると、百助と江戸に向かうといって別れたばかりの六車才蔵だった。

「何だあやつ、早くも百助と仲違いでもしおったか……」

源三があきれたようにつぶやけば、

「お調子野郎だから気変わりでもしたんだろう」

と、秀之助がからかうようなことを口にした。

「どうした？」

七兵衛はそばにやって来た才蔵に声をかけた。

「百助と江戸に行くのではなかったのか」

「それが、大変な野郎に……」

才蔵は顔中に汗を張りつけ、肩を喘がせながら息つぎした。

「大変な野郎とは？」

秀之助が問うた。

「浪人奉行に会ったんだ」

「なに？　何だその浪人奉行というのは？」

「わからねえ。とにかくそう名乗った。それにおれたちのことを知っていやがった」

「よくわからぬな。落ち着いて話せ」

七兵衛は才蔵を窘めると、木陰にいざなって話を聞いた。

才蔵はしたたる汗をぬぐいながら話したが、七兵衛は聞いているうちに胸騒ぎを抑えられなくなった。

「すると、その浪人奉行はおれたちを追っているということか……」

「そうなる。関所のことも新宿の質屋を襲ったことも、そして粂蔵一家を殺したことも知っていた」

才蔵はまばたきもせず答える。やっと荒れた呼吸が収まり、汗も引いていた。

「相手は何人だ？」

「三人連れだった。だが、ひとりは百助が斬り捨てた関所役人の弟のようだ」

「百助はどうなった？」

才蔵はわからないと首を振って話した。

「おれは浪人奉行の連れとわたりあったが、これはかなわねえと思って逃げてきた。あの野郎は手練《てだ》れだ。それに、浪人奉行はいかにも強そうなやつだった」

話を聞いた七兵衛は唇を噛んだ。追っ手がすぐそこに迫っているということだ。

「おまえとやり合ったのは浪人奉行の連れだったのだな」

秀之助が聞く。

「そうだ」

「すると、浪人奉行の供連れは二人だが、一人は関所役人の弟。奉行と名乗っているのに、供連れが一人というのはどういうことだ？　それに浪人奉行なんて聞いたことがない。七兵衛、知っているか？」

「いや、聞いたことがない。ないが、おれたちが知らねえ幕府役人かもしれねえ。関所も新宿も、そして小菅村も天領だ。幕府役人が動いてもふしぎはないだろう」

「どうする？」

秀之助が真剣な目を向けてくる。

「その浪人奉行は百助の名を知っていたのだな」

七兵衛は才蔵を見て聞く。

「知っていた。それにおれの名も知っているようだった」

「すると、おれたちのことも知られているということになる」

「出会ったのは、どこだ？　三本杉の先か、それともその手前か？」

「三本杉の先だ」

七兵衛はまた考えをめぐらすように、視線をあたりに泳がせた。

「おれたちが日光に向かうことは知らぬはずだ。このまままっすぐ進もう」

秀之助が急かすようにいったが、七兵衛は首を振った。

「もし、その浪人奉行が巳吉という百姓の家に立ち寄っていれば、おれたちの行き先を知っているかもしれん」

「そんなことがあるかな……」

秀之助は眉宇をひそめ、懐疑的な顔をした。

「油断はならねえ。浪人奉行はおれたちのあとを追ってきている。それはたしかなことだ。おれたちは人気のない村道を辿ってきたが、村の者たちに見られているかもしれん。そして、おれたちは五人で歩いてきた。村のなかを五人の侍が歩けば目立つ。おれたちは気づかなかったが、気づいている村の者がいたかもしれねえ」

「じゃあ、どうする？」

秀之助はかたい顔になっていた。

「たしかめよう。浪人奉行だかなんだか知らねえが、相手を知りたい」

「知ってどうする?」

七兵衛は秀之助の顔をゆっくり眺め、

「ことと次第によっては返り討ちにする」

と、答えて口を引き結んだ。

第六章　旅立ち

一

賊は日光に向かっている。

（なぜ、日光なのだ？）

兼四郎は足を進めながらそのことを考えていた。当初、五人の賊は江戸に向かう予定だった。ところが、小岩市川の関所で悶着を起こし、二人の行商と母娘連れの二人、さらに関所の足軽一人、合わせて五人を斬り捨てている他に、関所の足軽一人に怪我を負わせた。

それが賊の計画を狂わせたのかもしれない。結果、新宿の質屋を襲い、主夫婦を殺し、さらに小菅村では粂蔵一家を惨殺している。まさに悪鬼の仕業。

悪党にもほどがあるが、おのれらが手配りされているのを知っておれば、江戸へ向かうのは愚かなことである。よって行き所を変更したのだろう。

また、五人の賊は小菅村の百姓・巳吉に佐倉藩堀田家の家来だと話しているが、じつは土浦藩土屋家の家来だと考えられる。

兼四郎が斬り捨てた上田百助の懐中にあった往来手形が何よりの証拠だ。それに、百助は土浦城下の足軽町の出である。ということは、百助は足軽だった。

（他の四人も足軽なのか……）

そこまで考えた兼四郎は、隣を歩く十蔵に話しかけた。

「さっき斬り捨てた上田百助は、土浦藩土屋家の足軽だったようだが、よく考えると手形を交付したのは寺の住持になっていた。どういうことだと思う？」

「大名家の家臣であれば、上役の交付となるはずです。足軽なら足軽頭か、さらに上の家老あたりではないかと……」

「おれもそうだと思う。であるなら、上田百助は逐電して江戸に向かうつもりだったのかもしれぬ。他の仲間然りだ」

「残りの四人も足軽でしょうか？」

「それはわからぬ」

そんな話をしているうちに三本杉に来た。道はそこで北と西へ分かれていた。

「こっちでしょう」

定次が西に向かう道を指さして、兼四郎と十蔵に顔を向けた。

「さて、賊はどこまで行っているやら……」

兼四郎が独り言を漏らすと、そばの杉の木に止まった烏《からす》が、カアと鳴いてどこかへ飛び去った。

三人はそのまま西へ向かう道に足を進めた。そのまま行けば、下妻道に出るはずだ。賊も同じ道を辿っていると考えられる。

しばらく行ったところで、野良仕事をしている百姓を見つけた。稲田の草取りをしていたのだ。

「話を聞いてきます」

定次が気を利かして畦道に入り、作業中の百姓に声をかけ、短いやり取りをして戻ってきた。

「旦那、三人の侍を見たらしいです。それからその三人のあとから、慌てた素振りで駆け去った侍が一人いたそうです」

「それはおそらく六車才蔵であろう」

「見たのは小半刻ほど前だったといいますので、まだ遠くには行っていないはずです」

「もし、六車才蔵が仲間におれたちのことを知らせたなら、足を急がせているやもしれぬ」

「急ぎましょう」

十蔵がいって足を速めた。

「しかし、おかしいですね。なぜ、六車才蔵と上田百助は引き返してきたのでしょう。五人はずっといっしょだったはずです」

定次が疑問を口にする。

「忘れ物があったか、それとも仲間割れをしたか……」

十蔵はそういって「わからぬことだ」と、首をかしげた。

小川に架かる橋を二つわたると、道の両脇に民家が増えてきた。いずれも百姓家であるが、これまでより多くなっていた。おそらく下妻道が近いからだろう。

案の定、ほどなくして下妻道と思われる通りに出た。南北と東西に走る二つの小川がそばを流れていた。下妻道は南北に走る小川に沿っている。

あたりは見わたすかぎりの青い稲田で、下妻道を行き来する人の姿はない。道を南に下ったところに百姓家が見えたので、兼四郎たちはその家を訪ねた。

「見たか」

七兵衛のつぶやきに目をみはったのは、秀之助だった。

「おれはあの男たちを知っている」

七兵衛はさっと秀之助を見た。

「新宿だ。新宿でおれたちのことを訊ねていた者たちだ」

「まことか」

「ああ、間違いない。そうか、あやつらが……」

「才蔵、おぬしが見た者たちに違いないか」

七兵衛は才蔵に聞いた。才蔵は首をかしげて、

「いや、おれと百助が出会ったときには、あの小者みたいな男はいなかった。その代わりに、百助を敵という侍がいたが、そいつがいない」

（どういうことだ）

七兵衛は自問して歩き去る三人を目で追った。

そこは、三本杉から来た道が下妻道と交差する近くにある稲荷堂《いなりどう》の物陰だっ

た。南北に走る小川に架かる橋のそばだ。

「やつら、先の百姓家へ行ったぞ。おれたちのことを聞くためだろう。どうするんだ七兵衛」

源三が笹の葉を引きちぎって見てくる。

七兵衛は短く考えて答えた。

「あいつらを放っておけば、しつこくおれたちを追ってくるはずだ。このまま逃げまわるのは骨が折れる。見つかる前に片づけてしまうか。このままやつらの目を盗んで逃げるか。取る道は二つにひとつだ」

「逃げたらずっと追われることになる。片づけてしまえば、気が楽になるんでねえか」

七兵衛はそういう源三の顔をまじまじと見て、

「そうするか……」

と、応じた。

秀之助も同意するようにうなずいた。

兼四郎たちが訪ねた百姓家には、赤子を背負っている十二歳ぐらいの娘がいた。

二

四人連れの旅の侍を見なかったかと聞くが、首をかしげるだけだった。背中の赤子はすやすやと眠っている。

娘の着ている野良着は継ぎ接ぎだらけで膝までしかなく、脂気のない乱れた髪に、顔は真っ黒だ。両の目だけが黒々と澄んでいて、兼四郎たちを臆病そうに見ていた。

「日光道中に行きたいが、教えてくれぬか？」

「日光道中……」

娘は蚊の鳴くような声で鸚鵡返《おうむがえ》しにつぶやく。兼四郎がそうだといえば、娘はあの道を西のほうへ行けば、佐竹《さたけ》様のお屋敷があると指を差した。

「佐竹様というのは殿様のことか……」

娘はうんとうなずく。おそらく秋田《あきた》藩佐竹家の抱屋敷か下屋敷なのだろう。

「そこまで、いかほどある？」

娘は少し考えてから、両手をあげて指を開いた。十里ということはないから、十町ほどなのだろう。

娘が教えてくれたあたりは、一面青い稲田が広がっている。ところどころに雑木林や竹林があり、田のなかを娘が教えてくれた道が西に向かっていた。

兼四郎たちはその道を辿って西に向かった。途中にいくつかの用水らしき小川があり、板橋が架けられていた。人の姿は田のなかにも道にもない。もっとも林の陰になって見えないところもあれば、土手状の小さな起伏もあるので、周囲の景色が見え隠れする。

「街道に出れば茶店ぐらいあるでしょう。さすがに腹が空きましたね」

十蔵がまわりを眺めながらつぶやく。たしかに腹が減っていた。とっくに昼は過ぎている。朝、旅籠で飯を食ってから、飲まず食わずでここまで来ていた。

日は中天にあり、雲が西からゆっくり東へ流れている。

兼四郎は空を仰ぎ見ながら、坂田半兵衛のことを考えた。兄を殺され敵討ちを固く心に誓い村を出て来たが、いくつもの惨殺死体を見、そして生死を分ける斬り合いを目の前で見た半兵衛は、すっかり心が臆してしまった。

それでも、自らの手で敵討ちはできなかったが、形だけは思いを果たしたことになる。何度も頭を下げて歩き去った半兵衛の姿が、兼四郎の脳裏にこびりついていた。

自分たちも賊の追跡をあきらめて、このまま江戸に戻ることもできる。目的を果たせずとも、升屋は文句はいわぬだろう。

そもそも人を裁く身の上ではない。正義という大義のもと悪党たちを成敗してきたが、その悪党らは罪なき者を殺《あや》め、その者たちが汗水流してやっと手に入れた財物を奪い去っていた。

そういう悪党が許せなかった。だから、正義心をもっての判断で裁き、善良なる者たちの怨念を晴らしてきた。

されど、それは正しい行いだっただろうか。

兼四郎はふっと息を吐いた。額に浮かぶ汗が頬をつたっていた。

「日光道中がそれでしょう」

十蔵の声で兼四郎は我に返った。

稲田を縫う畦道の先に、日に照らされて乾いた道が戌亥《いぬい》方面に延びていた。

「あれがさっきの娘のいった佐竹様のお屋敷でしょう」

兼四郎は十蔵のいう屋敷に目を向けた。板塀で囲まれた瓦屋根の母屋が見える。屋敷塀の先に欅・銀杏・楠・松などといった樹木が空に伸びていた。

「旦那、茶屋があります」

定次が佐竹家の屋敷と反対側に顔を向けて教えた。

「一休みしよう」


七兵衛たちは十分な距離を取って、兼四郎たちを尾けていた。

「気づかれちゃいねえな」

七兵衛は兼四郎たちが休んでいる茶屋に目を注いでいた。

「そんな素振りはない」

秀之助が答えれば、

「おれも腹が減ってきた。あいつら串団子やらにぎり飯を食ってやがる」

篠崎源三が涎を垂らしそうな顔でいって、それに喉も渇いているんだと付け足す。

「おめえはいつも同じことしかいわねえな。だけど、百助はどうなったんだろう。もう一人いた侍もいないし……。まさか、刺し違えて死んでいるんじゃ……」

そういう才蔵を七兵衛は見た。たしかに百助のことは気になっているが、もう考えないことにした。これまで問題を起こしてきたのは百助だ。それゆえ、百助が仲間から離れたことに、少なからず胸を撫で下ろしていた。

「才蔵、もう百助のことはいい。いまはあの三人を始末することだけを考える」

七兵衛は肚《はら》をくっていた。もはや無宿の浪人。おまけにお尋ね者である。そして、その自分たちを追う浪人奉行がいる。目の前を飛ぶ蠅《はえ》のようにまとわりつかれては、この先安心して生きることはできない。

「どうする……」

秀之助が顔を向けてくる。

「しばらく様子を見よう。やつらはおれたちを捜し切れていない。動きを見る」

七兵衛は茶屋の縁台に座って飲み食いをしている浪人奉行とその連れを凝視した。

「名は知らねえが、あの浪人奉行の連れは手練れだ。始末するというが返り討ちにあったらどうする？」

才蔵が真顔を向けてくる。

「臆したか。そんなことじゃこの先生きていけねえぞ。おれたちゃ戦場にあっては、真っ先に斬り込んでいく足軽だった。命を惜しんでいたら足軽は務まらん。それが先祖代々からの教えだった」

「ここは戦場じゃねえだろう」

「鷹狩りを思い出せ」

「鷹狩り……」

才蔵は小さな目をまばたいた。

国にいた頃は何度も鷹狩りを行った。もちろん、七兵衛ら家来の意向ではない。藩主・土屋能登守《のとのかみ》の鶴の一声で決まるのだ。

行列をなして鷹場へ行くと、真っ先に藪や林のなかに突っ込んで、獲物を追い立てるのは足軽の役目だった。

太鼓の音を合図に喊声《かんせい》をあげ、獲物がどこにいるとも知れず、闇雲に野を駆けて藪のなかに突っ込み、刀の代わりに持った鉈《なた》や鎌を振りあげ、前進を阻む小枝や蔓草《つるくさ》を敵と見立てて切り払って奥へ奥へと進んだ。敵が人ではないので斬り合うことはないが、それでも足軽の気概を見せなければならなかった。

「そうか、鷹狩りか……」

才蔵は小さくつぶやいた。

「相手は三人だ。こっちは四人。数では負けん。そうだろう。才蔵、臆するな。それにおれたちは新当流《しんとう》の道場で腕を磨いてきたんだ。そのこと忘れるな」

秀之助の言葉に、才蔵は得心したようにうなずいた。

三

茶屋で小腹を満たした兼四郎は、目の前の往還を眺める。五間ほどの幅のある道が千住からつぎの宿である草加のほうへ延びている。通りを行き交う人の数はさほど多くはないが、朝から鄙びた村の道を歩いてきたせいか、人心地つく思いだ。

しかし、賊の足取りは三本杉からぱたりと途絶えている。休んでいる茶屋の老婆も四人組の侍は見ていなかった。

いまも二人の旅の侍が草加宿のほうからやってくるが、その顔は人相書にある賊とは大違いだった。村の百姓や旅の行商人らが目の前を通り過ぎていく。

「いかがされます。賊は人目につかない田のなかの道を通り、もっと先のほうに行っているかもしれません」

十蔵が湯吞みを置いて草加宿のほうに顔を向ける。草加宿まで千住から二里八町だから、この茶屋からだと二里もないだろう。

「草加まで行ってみるか……」

「もうそこまで行っていますかね」

十蔵が疑問を呈する。

「やつらは草加宿までは手配りされておらぬだろう。もし、そうであれば草加宿で羽を伸ばすかもしれぬ」

「やつらはあっしらに追われているのを承知しているはずです。足を急がせ、その先の越ヶ谷をめざしているかもしれません」

定次が団子の餡《あん》のついた口をぬぐっていった。

「越ヶ谷まではいかほどあるかな?」

「たっぷり四里はあるでしょう」

「四里か……。急げば日の暮れ前には着ける道程だな」

兼四郎は西にまわりはじめている日を見ていった。しかし、その空が曇りはじめていた。鼠色《ねずみいろ》の雲が迫り出してきているのだ。

「よし、まずは草加まで行ってみるか。ところどころで賊のことを訊ねながらまいろう」

兼四郎が立ちあがると、十蔵と定次が倣った。

往還の東側には稲田が広がっているが、西側の村には民家がちらほら見られる。しばらく行くと左前方に秋田藩佐竹家の屋敷が見えてきた。抱屋敷だが五千坪はゆうにある広さだ。さすが、実高四十万石の東北の雄藩《ゆうはん》だ。塀越しに屋敷内の樹木が空に聳《そび》えている。いまだ青葉の銀杏に欅に椎木《しいのき》。枝振りのよい松も低い位置にのぞいている。抱屋敷だからなのか、表門は厳重に閉まっており人の出入りもない。

その屋敷を過ぎてしばらく行ったところに稲荷社があった。その近くで兼四郎たちは通りすがりの旅の者に声をかけ、四人の賊のことを聞いた。また、稲荷社から出てきた村の者にも声をかけたが、賊らしき四人組を見たという者はいなかった。ただ、このあたりが梅田村《うめだ》という名だというのがわかっただけだ。

「この往還を使っていないのかもしれません」

十蔵が疑問を口にするが、兼四郎は足を止めずに歩く。空が曇り風が出てきて、稲田を波打たせはじめた。

それからしばらく行ったところに小川に架かる橋があった。その橋をわたったときだった。右手の畦道から道の中央に立った侍がいた。

「なにやつ……」

兼四郎が目を凝らせば、十蔵が刀の柄に手をやった。相手は一人だが、異様な殺気を身にまとっているのがわかった。

「浪人奉行とはきさまのことか?」

相手が声をかけてきた。六尺はあろうかという身の丈だ。

「吉田秀之助では……」

定次がつぶやいたとき、新たに二人の男があらわれた。もう両者の距離は十間ほどになっていた。

兼四郎は気づいた。肩幅の広い男が木村七兵衛、そしてもう一人は三本杉の手前で出会った六車才蔵。

(やっと会えたか)

という、妙な感慨がわいた。

「いかにも浪人奉行の八雲兼四郎である。そのほうら、土浦藩土屋家の家来であろう」

「ほう、よくもそこまで知っておる。だが、もう藩とは縁を切った。無宿の浪人よ」

応じたのは木村七兵衛だった。顎から口にかけて無精ひげを生やしている。

「ならば、なおのことききさまらのこと放ってはおけぬ。小岩市川の関所での件、新宿での件、さらに小菅村の百姓・粂蔵一家の件、みなききさまらの仕業と見た」

「だからどうするというのだ」

「天に代わり成敗いたす」

七兵衛の太い眉がぐいと持ちあがった。

「ここにいたって、おぬしらの意に従うつもりなど一切ない」

七兵衛はさっと刀を抜いた。それに倣って身丈の高い吉田秀之助と、六車才蔵も刀を抜いた。

兼四郎は眉宇をひそめながら相手を凝視し、

「十蔵、定次、もう一人がいない。油断いたすな」

と、忠告した。

「定次、おまえは下がっておれ」

十蔵がいって、刀を抜き、

「六車才蔵、先刻はご挨拶であったな。まさか逃げるとは思わなかったが、どうやらききさまは腰抜けのようだな」

と、才蔵をにらみながら揶揄《やゆ》した。とたんに才蔵の顔が紅潮するのがわかった。

「何とでもいいやがれ。さっきのようにはいかねえぜ。その前に聞くが、おれの連れの百助はどうした？　やつは逃げたか？」

「いいや。上田百助はもう生きてはおらぬ」

「なにッ！　斬ったのか？」

才蔵は小さな目をみはった。

「他に何がある外道！」

「勘弁ならねえッ！」

才蔵が刀を振りあげて脱兎《だっと》のごとく駆けてきた。

「八雲さん、やつの相手はおれが……」

十蔵が才蔵を迎え撃つために身構えた。

四

斬りかかってきた才蔵の一撃を、十蔵が撥ね返したとき、兼四郎は正面から斬り込んできた七兵衛の剣を左へすり落とし、即座に水車のように刀をまわして後ろ首を狙ったが、空を斬っただけだった。

刀をすり落とされた七兵衛は、身を低めながら後ろへ下がって中段に構えた。

（こやつ、できる）

兼四郎は口を引き結び、間合いを詰めて行くが、脇から詰めてくる吉田秀之助に気づき、一旦間合いを外した。

「きさまら、土屋家と縁を切ったといったな。上田百助は足軽だったようだが、きさまらもそうなのか？」

兼四郎は隙を探すために時間を稼がなければならない。問いかけはそのためだった。

「ああ、みんな浮かばれぬ三一だった。身過ぎのためにそんな身分などいらぬと気づいたのだ。奉行というからには、きさまは幕府の役人であろう」

七兵衛が警戒の目を光らせながら答える。吉田秀之助は油断のない目つきで詰めてくる。

同時に二人を相手するのは分が悪い。七兵衛は剣の腕が冴えている。それに脇から詰めてくる秀之助は、尋常ならざる殺気を身にまとっている。

「悪党を成敗するのがおれの役目だ。尋常にかかってくるがよい」

兼四郎がけしかけたと同時に、秀之助の刀が一閃した。払いあげるような逆《ぎゃく》胴《どう》斬りだった。それも電光の速さだった。

兼四郎はすんでのところで半身をひねってかわしたが、袖口を切られていた。飛びしさって下段に構えて、秀之助と正対した。

「とおっー！」

気合い一閃、秀之助の切っ先が伸びてきた。兼四郎が下がると、追い込みながら撃ち込んでくる。すりかわして反撃しようとしたが、秀之助は素早く下がっておのれの間合いを取った。

兼四郎は猛禽《もうきん》の目になって、秀之助を凝視した。額に浮かんだ汗が頬をつたっていた。兼四郎の背には冷たい汗が流れていた。秀之助は手練れだ。そのことがよくわかった。これまで戦ったどんな悪党よりも、この男は強い。

十蔵のことが気になったが、いまはそんな余裕がない。窮地だ。下手をすればここで命を落とすことになるかもしれぬ。兼四郎は人生最大の危機を感じていた。

「とおーっ！」

十蔵の声が背後でした。

そのとき、七兵衛が斬り込んできた。兼四郎が右へ撃ち払えば、即座に右胸を狙って突きを送り込んでくる。すりかわして下がると、秀之助が胴を抜きに来た。

(まずい)

思うやいなや、半身をひねってかわしたが、被っていた菅笠がまっぷたつに断ち切られた。そのせいで一瞬視界が狭まった。大きく下がって笠を脱いで秀之助に投げつけると同時に、七兵衛の小手先を狙いすまして斬りにいった。

かわされた。追い込んで突きを見舞ったが、体をひねってかわされ、下段から逆袈裟に刀を振りあげられた。

刃風が顎のそばにあたり、肝を冷やしたが、かろうじて避けることができた。

いつしか汗が顔中に張りつき、脇の下や背中に汗染みができていた。

「浪人奉行、覚悟ッ」

くぐもった声を漏らした秀之助が真っ向から斬り込んできた。

ガチーン！　鋼のぶつかり合う音が耳朶《じだ》にひびき、火花が散った。

そのまま兼四郎と秀之助は鍔迫《つばぜ》りあう恰好になったが、背後にまわり込む七兵衛を目の端でとらえたので、渾身の力を振り絞って秀之助を押し下げ、そのまま横に跳び、七兵衛の斬り込みから逃げた。

「ぎゃあー、斬られた！　斬られた」

悲鳴じみた声をあげたのは十蔵と戦っていた才蔵だった。

兼四郎がそちらを見ると、才蔵が左腕を押さえて遠くへ離れていた。そのそばに新たな男が立っており、こっちだといざなっていた。

「待て才蔵」

慌てた声を漏らしたのは七兵衛だった。だが、才蔵は新たにあらわれた男と大きく道を逸れ、畦道を辿っている。

「追うな」

兼四郎は十蔵を引き止め、顎を振った。以心伝心。十蔵がすぐさま兼四郎のそばに立った。これで二対二。互角になった。

七兵衛の目に動揺の色が浮かんでいた。わずかに後じさると、

「秀之助、一旦退くんだ」

と、秀之助に目配せをした。二人はそのまま大きく後退し、脇に飛び込んで稲田の畦道を駆けた。

「待て」

兼四郎は追いかけようとした十蔵を止めた。

「しかし……」

「遠くには行かぬ。やつらはこの近くにいる。慌てることはない」

兼四郎はそういって、稲田の陰に見え隠れする七兵衛と秀之助の姿を目で追った。目を転じて才蔵と新たにあらわれた男の姿は、小さな木立の陰に隠れて見えなくなった。

「才蔵と逃げたのは篠崎源三でしょう」

十蔵が荒い息をしながら、刀を鞘に納めた。

兼四郎は息を整えながらまわりに視線を配った。定次の姿がない。だが、心配はしなかった。おそらく定次は十蔵が斬った才蔵と、篠崎源三を尾けているはずだ。

「見えなくなりました」

七兵衛と秀之助の姿が消えていた。

「やつらはどこかで落ち合うはずだ。逃げたのはこの村の西のほうだ」

「また捜すのは骨が折れますよ」

「定次がいる」

十蔵ははっとなってまわりを見た。

「おそらく定次はやつらを尾けている。ぬかりないのが定次だ」

「では、いかがします」

兼四郎は一度周囲を見まわしたあとで、

「そこで定次の帰りを待とう」

と、橋のそばにある大きな石に腰を下ろした。

いつの間にか空が曇っていた。一雨来そうな気配だ。

五

「見ろ、ざっくり切れているじゃねえか」

才蔵は泣きそうな顔で喚く。

「騒ぐな。いま血止めをしてやる。これぐらいで死にやしねえ」

手拭いを引き裂いて才蔵の左腕に巻くのは源三だった。

「おめえ、どこに行っていたんだ。やつらの後ろから襲う手はずだったじゃねえか。痛えよ、痛えよ」

才蔵は泣きそうな顔で歯を食いしばる。

「このぐらいで泣き言いうんじゃねえ。おれはやつらの後ろにまわり込んでいたんだ。それに手間取っただけだ。気づかれねえよう田の畦を辿っているうちに、おめえらが勝手に斬り合いをはじめたんで、おれも慌てたんだ。逃げてたんじゃねえよ」

「血が止まらねえじゃねえか」

「すぐに止まる」

「薬はねえのか、薬は。血を止めただけじゃ傷は塞がらねえだろう」

「騒ぐな騒ぐな。世話の焼けるやつだ。薬はいまおれが作る。なんだ、てめえは罪人の拷問を散々してきたわりには肝の小せえやつだな」

「うるせえ。早く薬を作りやがれ」

「待ってろ」

源三が藪のなかに向かって行くと、七兵衛は喉を鳴らして水を飲んだ。

そこは、さっきの乱闘場からいくらも離れていない神社の境内だった。本堂の脇に手水場《ちょうずば》があり、七兵衛はそこで水を飲んだのだ。秀之助も柄杓《ひしゃく》を取って喉を鳴らし、顎にしたたる水を手の甲でぬぐった。

「それでどうする？　やつらはまだ近くにいるぜ」

「わかっている。少し体を休ませたら、もう一度やつらと戦うしかない」

「あの浪人奉行、ただ者ではねえな。あれほど腕の立つ者におれは会ったことがねえ」

秀之助は顔をこわばらせていた。

「怯《ひる》んだか」

「馬鹿をいえ。怯んだりするか。それより、こうやって休んでいる間に手勢を従えてくるんじゃないだろうな」

秀之助は境内に視線をめぐらす。本堂に「神明社《しんめいしゃ》」という扁額《へんがく》が掲げてあった。板は古び、罅《ひび》が入っており、字もかすんでいた。

銀杏の木が何本も立っており、曇ってきた空に伸びている。本堂の裏や杉林で、蜩の声がわいていた。

「手勢を揃えることはねえだろう。ここは御府内の外だ。それも千住宿からも離れている。捕り方を揃えるには手間暇かかる。浪人奉行もそんな悠長なことはしねえはずだ」

「宿場に捕り方を控えさせているなんてことはねえだろうな」

「それも考えられねえことだ。もし、そんな捕り方がいれば、いっしょに動いているはずだ」

「そうだろうか……」

秀之助は疑い深い顔をする。

「おぬしもずいぶん肝の小さいことをぬかす」

「気になるからだ」

秀之助は不満げな顔をしたが、

「おれはあの浪人奉行を斬る」

と、断言して口を引き結んだ。

源三が手に蓬《よもぎ》の束を持って戻ってきた。

「才蔵、いま薬を塗ってやる。おとなしくしてるんだ」

「そりゃ蓬じゃねえか。どっかその辺の家に行って薬をもらってきてくれ。この神社には神主がいるんじゃねえか」

「騒ぐな騒ぐな。蓬は血止めになる。薬だって同じことだ」

源三は蓬の葉を手で揉み、そばにある石ころを使って葉液を抽出し、引き裂いた手拭いに吸わせ、それを才蔵の傷口にたらし込んだ。器用なものだが、足軽は鷹狩りの際にこういう応急の手当てを心得ている。

「おりゃあもう左腕が使えねえ。刀を振ることができねえ。七兵衛、どうするんだ？」

「おめえに無理はさせねえさ」

「だったらどうするってんだ。百助は斬られたんだ。さっき、浪人奉行の仲間がそういっただろう」

「あの浪人奉行相手なら、百助が斬られてもおかしくはない」

「悔しくねえのか。百助は仲間だったんだ。敵を討たなきゃならねえだろう」

「敵は討つ。そのためにやつらを片づけると決めたんだ。そうではないか」

「ああ、そうだ。だけどよ、おれはこんな体たらくだ。敵を討てる体じゃねえ」

「おめえを頼みにはせぬ。敵はおれたちで討つ」

七兵衛はそう答えて秀之助と源三を見た。

「つぎはおれの出番だ。才蔵、おめえのこの腕の敵も取ってやるぜ」

源三はそういって、才蔵の肩をたたいた。

「痛ェ！　傷にひびくじゃねえか」

「なんだなんだ、散々罪人の拷問をやっていたやつが、こんな傷で泣き言かい」

「うるせえ！　やるほうと、やられるほうは勝手が違うんだ」

「ああ、そうだろう。これでおめえも罪人の痛みがわかったってことだ」

「口の減らねえ野郎だな」

「その言葉そっくりおめえに返してやるよ。ほい、このぐらい塗っておきゃ膿《う》んだりしねえだろう」

源三はそういいながら、才蔵の左腕に巻いた手拭いを縛った。

「それでどうする？」

秀之助が椿の根方に腰を下ろして七兵衛を見た。

「ここで油を売るつもりはない。先にやつらを見つける。見つけられる前に見つける」

「剣術も先手必勝だからな」

「では、探しに行こう」

七兵衛が参道に向かおうとすると、源三が呼び止めた。

「才蔵はどうするんだ？　ここで待たせるのか？」

源三がそういうと、

「おれも行くさ。こんなところで油を売ってられるか。左腕は使えねえが、右腕は使えるんだ」

といって、才蔵が立ちあがった。

六

橋際の石に座って定次を待っている兼四郎は、往還の両側に視線を走らせ、それから空を見た。鼠色の雲はだんだん迫っている。風も強く吹きはじめたので、一雨来るのは確実だ。

「遅いですね」

立ち小便を終えた十蔵が、兼四郎のそばに来て千住方面に目を向けた。

「まさか、やつらに見つかって……」

「そんなへまはせぬさ」

兼四郎が遮《さえぎ》って立ちあがったとき、一方の畦道から定次が戻ってきた。

「よかった。ここにいてくれたんですね」

定次はほっとした顔でいうが、目には緊張の色がある。

「尾けたんだな」

「はい、やつらは村中の神社にいます。佐竹家の屋敷のそばですから、そう遠くではありません。波川さんに斬られた六車才蔵の手当てをしています」

「まだ、いるだろうか……」

「わかりません。ずっと見張っているわけにはいきませんから。まいりますか？」

「うむ。案内しろ」

兼四郎と十蔵は定次のあとに従った。

「さっき、やつらはわたしらを待ち伏せしていました。つまり、わたしらの動きをどこかで見張っていたのです」

歩きながら十蔵がいう。

「一旦引き下がりはしましたが、今度も裏をかくかもしれません」

「注意をしなければならんな」

兼四郎は応じながら周囲に目を光らせる。定次は佐竹家抱屋敷の裏道を辿った。日が雲に遮られ、あたりがにわかに暗くなった。朝から通ってきた村に比べると、このあたりには民家が多い。ほとんどが百姓家だ。そのわりには人の姿をあまり見ない。

佐竹家抱屋敷の塀が切れると、すぐに村の道になった。定次は右に曲がって、もうすぐですといって足を進める。

小川に架かった板橋をわたったところで、雨粒がぽつんと頬をたたいた。兼四郎は暗い空を見た。

賊がいるという神社はそこからすぐだった。石柱に神明社と彫られている。定次は参道を使わず、脇道に入って本堂の裏から境内に入った。足音と気配を消し、

「手水場のそばに……」

と、ひそめた声を漏らしてから、「いない」とつぶやいた。それでも、あたりに警戒の目を配りながら前へ進む。銀杏の大木が頭の上にあり、鳥が鳴いていた。乾いた地面に雨が落ち、黒いしみを作りはじめている。

「逃げたのかも……」

十蔵が本堂の前に立って、兼四郎を振り返った。兼四郎は本堂の裏を見たが、人の気配はなかった。

「どうします？」

十蔵に聞かれた兼四郎は黙って参道から表の道に出た。

「やつらは四人で動いている。一人は怪我人だ。それに旅の侍の出立《いでたち》。誰かが見ていてもおかしくはない」

兼四郎はそういって聞き込みをしようと通りに出た。雨の勢いが少しずつ強く

なってきた。菅笠をなくしている兼四郎は、忌々しげに空を見あげ、そしてあたりに目を凝らす。

しばらく行ったところに稲荷社があり、村の百姓が雨宿りをしていた。

「降られたな」

兼四郎は庇の下に身を入れて、百姓に声をかけた。

「へえ。すぐにやむと思いますが……」

百姓は警戒する目で答えた。

「四人連れの侍を見なかったか?」

「お侍ですか……。いえ、見ていませんが……。あっしはそこの田から出てきたばかりでして……」

百姓は泥のついた股引に汚れた手をこすりつけた。田の草取りをしていたようだ。

「みなかったか」

兼四郎が応じたとき、雨がぼとぼとと音を立てはじめた。黒雲が頭上を流れ、近くの竹林を激しく揺らした。

ひゃひゃひゃっと、奇妙な声をあげながら一人の若い百姓が、頭に里芋の葉っぱをかざして兼四郎たちのそばに飛び込んできた。

「あ、こりゃ失礼しやす」

その男は兼四郎たちに気づき、恐縮したように肩をすぼめ、まいったまいった
とぼやいた。

「急に降ってきたからな。ところで、この近くで四人連れの侍を見なかったか？」

兼四郎が訊ねると、若い百姓は目をしばたたいて、見ましたといった。

「どこで見た？」

「ついさっきですよ。あっちの道を赤不動尊《あかふどうそん》のほうへ歩いていきましたが……」

「赤不動？」

「へえ、明王院《みょうおういん》っていうんですがね、寺にある仏像が真っ赤っかなんでそうい
うんです。鷹狩りのときには将軍様の御膳所になっております」

「そこまでいかほどある？」

それに答えたのは先に雨宿りしていた百姓だった。

「いかほどってことはありませんよ、すぐそこです。三町ぐらいでしょう。田の
なかを通っていけば近道になります。ほら、あそこに雑木林があるでしょう。あ
の先ですよ」

兼四郎は雨に烟《けむ》っているその雑木林を見てから、十蔵と定次に顔を向けた。

「通り雨だろうから、少し待とう」

「はい」

十蔵が応じて、雨を降らす空を仰ぎ見た。雨が少し弱くなると、二人の百姓は遠慮したのか先に稲荷社から飛び出していった。

「もう隠れて動かずともよいだろう。やつらはおれたちをどこかで襲う魂胆だ。ならば堂々とまいろう」

兼四郎は雨が小止みになると、庇の下を出た。

「まずは赤不動だ」

七

七兵衛たちは土地の者たちが赤不動と呼ぶ、明王院の裏にある雑木林のなかで雨をしのいでいた。楠と欅の枝葉が庇の役目をして、ずぶ濡れになることはなかった。

「捜すってどこをどう捜す。やつらは向こうの往還にいたから、そっちに戻るか」

秀之助が七兵衛に顔を向ける。

「それがよいかもな。もはや逃げ隠れしても無駄なことだ。浪人奉行がおれたちを見逃すとは思えねえからな」

「ならばどうする？」

「こっちから出て行ってやればいいだけのことだ。この村を歩く侍はいない。おれたちが姿を見せりゃ、向こうだって出てくるだろう。その前に街道に出よう」

そういうのは源三だった。前歯がないのでしゃべる度に唾を飛ばす。

「なぜ、街道に？」

七兵衛が問えば、

「茶屋があった。なんか食いもんがあるだろう」

「おめえはこんなときにも食いもんか」

才蔵があきれ顔で源三を見た。

「腹が減っては戦はできぬというだろう」

「へん、このたわけが……」

「才蔵、馬鹿にすんじゃねえ。おりゃあ本気でいってんだ」

「おい、やめねえか。こんなときにくだらぬいい合いをして何になる」

七兵衛は二人を窘めて、

「秀之助、雨はもうやみそうだ。街道に行ってみるか」

「そうしよう」

七兵衛たちは小降りになったのを見て、雑木林から田の道に出た。

そのとき、秀之助が立ち止まって、

「やつらだ」

と、顔をこわばらせた。

七兵衛は村道を北のほうからやってくる浪人奉行たちを見た。

浪人奉行は打裂羽織に野袴、菅笠は被っていない。もう一人の侍も似た恰好だが、菅笠に道中合羽を着込んでいる。だが、荷物は持っていない。

浪人奉行は身丈があり傍目にも引き締まった体をしている。鼻梁が高く、眼光が鋭い。

供侍は中肉中背で油断ならぬ目をしている。

近づいてくる三人を七兵衛はじっと見据えていた。小者らしき男は数のうちに入らぬ。

こちらは手負いの才蔵を数に入れないので三人。つまり、二対三。

（数では勝っているんだ）

七兵衛は心中でつぶやき臍下《せいか》に力を込めた。

兼四郎たちは雑木林の陰から出てきた四人の賊に気づいた。逃げる素振りはない。雨がやみ、蜩が鳴きはじめている。

兼四郎たちの辿っている道は、幅二間ほどで明王院の裏手につづいている。雨に湿った地面に雲の隙間から差す日があたり、てらてらと光っていた。

「定次、ここで決着をつける。無用な手出しはいらぬ。ここで待て」

「はい」

兼四郎に指図された定次が神妙な顔で答えた。

「十蔵、肚をくってやるぞ」

「承知」

十蔵が答えたとき、七兵衛たちが畦道から村道に出てきた。先頭に七兵衛と身丈のある吉田秀之助。その背後に六車才蔵と篠崎源三。いずれも人殺しの外道だ。

「観念したか」

兼四郎は賊との距離が五間ほどになってから立ち止まった。

「観念するのはおめえたちだ」

七兵衛が言葉を返してきた。

「おれたちを捕縛したいのだろうが、そういうわけにはいかねえ。されど、お奉行殿。斬るか斬られるかわからぬが、名も知らぬ者に斬られて死にたくはない。お奉行殿は、おれたちの名を存じてらっしゃる。そうであるな」

「いかにも。おれは八雲兼四郎、これにいるのは波川十蔵」

「そうでござったか。名を知って、少しは気が晴れる」

七兵衛は片頬に冷ややかな笑みを浮かべた。

「きさまら何故関所の近くで旅の行商らを斬った?」

「あれは……」

「なんだ?」

兼四郎は七兵衛を凝視する。

「上田百助が小馬鹿にされたからだ。三一侍といえど、武士が行商に馬鹿にされては黙ってはおれぬ。行商は気の強さが仇《あだ》になった。さようなことよ」

「旅の母娘も斬っている」

「無用に騒ぎ立てたので致し方なかった。止めにきた関所の足軽然り」

「騒いだから斬り捨てた。さようなことか……」

「お奉行殿、そんなことはのちの調べでわかることでござろうに。こんなところで話すようなことではないと思うが……」

兼四郎はその言葉を黙殺し問いを重ねた。

「新宿の質屋を襲ったのは金のためか？」

七兵衛は隣に立つ吉田秀之助をちらりと見た。そのとき、十蔵に腕を斬られた六車才蔵が言葉を返した。

「そうだ、金のためだ。おれたちゃ手許不如意だった。あの質屋は女衒まがいのことをしてあくどい銭儲《ぜにもう》けをしていた。町の者には高利で金を貸してもいた。そんなやつは懲らしめるしかなかった」

「あきれたことを……。人を殺めて金を盗むのは外道のやることだ。そのことを知れば、おぬしらの主君だった土屋の殿様はさぞやお嘆きになるだろう」

「いまさら忠義立てなどくそ食らえだ。おれたちゃまともな禄をもらえず、上役から頭ごなしに貶され、町の者からは三一と陰口をたたかれて生きてきた。それでも堪忍していたのだ。奉行と名がつくからには、さぞやいい禄をもらっているのだろうが、下々のおれたちの苦労を斟酌《しんしやく》したことがあるか。武士だ侍だといっても所詮は金だ出世だ。ところがどっこい足軽の三一侍には、金も出世も望めねえ。だからおれたちは国を捨てた」

「だとしても、人を殺めるのは許されることではない」

「いわれるまでもないことだ」

「七兵衛、しゃらくせえ！　この期に及んでそんなことはどうでもいいじゃねえか。早くやっちまえ！」

才蔵が右手で抜き身の刀を振りあげて喚いた。

兼四郎は冷え冷えとした目で才蔵を見、七兵衛に視線を戻した。

「いずれにせよ、きさまらは救いようのない外道だ」

「黙れッ！」

七兵衛が目を赫々《かつかく》と燃え立たせて刀を抜いた。

八

斬り込んでくる七兵衛を見据えた兼四郎が刀を抜けば、十蔵が道中合羽を投げ捨てるなり、右足を踏み込みながら抜刀した。

兼四郎は正面から斬り込んできた七兵衛の刀をすり払い、返す刀で七兵衛の菅笠を斬り飛ばした。

雲間から差す日の光が七兵衛の顔を曝《さら》した。太い眉を吊りあげ、鼻をふくらませて八相《はっそう》に構え直した。兼四郎には七兵衛の太刀筋が見えていた。じりじりと間合いを詰めると、中段に取った刀を下段に移し、そのまま逆袈裟に斬りあげた。

胸のあたりを斬っていた。だが、それは着物の襟であった。それでも顎のあたりをかすっていたので、七兵衛は顔色を変えて下がった。

そこへ十蔵の一撃を撥ね返した秀之助が、腰を低めて兼四郎に突きを送り込んできた。兼四郎は跳んでかわし、間合い一間半に離れ正眼の構えで、剣尖を秀之助へむけ、警戒の目を七兵衛にも配る。

「どりゃあ！」

十蔵が脇から声を張りあげて、七兵衛に斬り込んだ。刹那《せつな》、秀之助が兼四郎に撃ちかかってきた。鍔元で一撃を受けると、体をひねるように動かし、秀之助の背後にまわり込んだ。

秀之助があわてて振り返ったが、そのとき兼四郎の刀が太股をざっくり斬っていた。

「おうっ」

短い悲鳴を漏らして、秀之助はよろけながら片膝をついた。もはや兼四郎の相手ではない。刀を引きつけたときに、篠崎源三が突きを送り込んできた。

二度三度四度。峻烈《しゅんれつ》な突きだ。兼四郎は下がりながらかわし、源三が間合いを外して構え直したときに前に出た。慌てたように源三が上段から斬り込んできた。

胴ががら空きである。兼四郎は見定めて、体を右へ移しながら袈裟懸けに刀を振った。

「ぎゃあ！」

脇腹を深く斬られた源三は地に倒れて転げまわった。

そのとき、十蔵が七兵衛の肩口を斬って下がった。兼四郎は刀に血ぶるいをかけると、片手で斬りかかってこようとした才蔵に剣尖を向けた。

「おおっ……」

才蔵は戦《おのの》いて下がる。兼四郎はそのまま詰めた。

「この野郎ッ！」

才蔵は右手一本で刀を振りあげたが、それまでだった。刀を振り下ろす前に、兼四郎の和泉守兼定《いずみのかみかねさだ》二尺二寸の切っ先が才蔵の喉を突き刺していた。

才蔵は小さな目を驚愕したように見開いていた。兼四郎が刀をさっと手許に引くと、才蔵は喉首から血を逆らせながら前にのめった。

二人を倒した兼四郎は、七兵衛を追い込んでいる十蔵を見た。

七兵衛の右肩が赤く染まっている。両手で刀をつかんではいるが、右腕に力が入らないらしく撃ちかかれないでいる。十蔵はすっと間合いを詰めるなり、七兵衛の胸を斜め上方に斬りあげた。

容赦ない一太刀だった。十蔵は七兵衛が倒れても短い残心を取った。

それを見た兼四郎は、太股を斬られ、立ち上がれないでいる秀之助の前に立った。

「きさまは江戸へ出て道場の師範になるつもりだったのであろう。さように聞いている」

秀之助は恨みがましい目を兼四郎に向け、

「斬れ、斬ってくれ」

と、吐き捨てるような声を漏らした。

「いわれずとも……」

兼四郎は首の付け根を斬り下げるなり、すすっと後ろに下がった。

秀之助の体はゆっくりと大地に倒れ伏した。

雨あがりの風が、兼四郎の小鬢をふるわせた。ふっと肩を動かして息をすると、十蔵が黙って見てきた。小さく首を振り、懐紙《かいし》で刀の血糊《ちのり》をぬぐって鞘に納めた。

兼四郎はやるせない思いでいた。胸の奥に寒々しい風が吹いている気がした。

(されど、しかたなかった)

後悔はすまいと胸のうちでつぶやく。

定次が駆け寄ってきて、十蔵もそばに来た。口を開く気にはなれなかった。終わったという感慨があるだけだ。

「まいるか……」

短くいって足を進めるが、十蔵も定次も無言だった。

「最後の務めであった」

そういったのはずいぶんたってからだった。そこは千住宿への入り口、下妻橋のそばだった。兼四郎は来た道を振り返った。

雨を降らした雲は去り、西の空が紅《くれない》に染まりはじめ、蜩の声が高くなっていた。

九

兼四郎と十蔵が四谷の屋敷に戻った翌日の午後、定次がやって来た。その顔を見るなり、

「升屋が呼んでいるのだろう」

と、兼四郎は楽な着流し姿で迎え入れた。

「へえ、旦那が話があるそうで……」

どういう話になるか、兼四郎はおおむね察していた。此度の〝役目〟に出る前に、升屋九右衛門は、

――このあたりで浪人奉行の仕事は、打ち止めにしたいと考えています。

と、いった。

升屋は律儀な男だ。けじめの挨拶をしたいのだろう。

「話ならおれもしなければならぬ」

「昨日の今日ですからお疲れではありませんか」

「昨夜は泥のように眠った。今朝もゆっくり起きたので疲れは取れた」

「定次、おぬしこそ疲れているのではないか。朝からはたらいているのだろう」

十蔵がいえば、定次は首を振って答える。

「いえ、あっしもゆっくり休みましたし、店の仕事は楽ですからお気遣いなく」

「それでどこへ行けばよいのだ。店かそれとも寺のほうか?」

「店のほうにお越しいただきたいとのことです」

兼四郎と十蔵は七つ(午後四時)過ぎに升屋を訪ねた。店に入ると、すぐに定次が迎えてくれ、奥の座敷に案内した。

池泉《ちせん》のある庭に面した奥座敷には主の九右衛門はもちろんのこと、栖岸院の住職・隆観も控えていた。

「ご苦労様でございました。ささ、こちらへ」

九右衛門にいざなわれて、兼四郎と十蔵は近くに腰を下ろした。定次も座敷の隅に控える。

「話があるということだが、まずは此度の始末がどうであったか、そのことを話しておこう」

兼四郎はそういって口火を切ると、行商人らが斬られた小岩市川の関所から市川にわたり、それから新宿に引き返し、さらに千住宿に戻ってからの出来事を詳細に話していった。

兼四郎の報告が終わるまで、九右衛門と隆観は静かに耳を傾けていた。

「すると、此度の賊は土浦藩のご家来だったのでございますか」

話を聞き終えたあとで、九右衛門がつぶやくようにいった。

「五人は国を捨て、身分を捨てていた。つまり逐電した者たちで、無宿の浪人になっていたのだ。彼の者たちは本来であれば江戸へ出て剣術道場で雇ってもらうか、おのれらで道場を開くつもりだったのかもしれぬ。されど、関所で人を斬ったことから当初の計画が狂った」

「関所で人を斬ったことで、賊は思いどおりにいかなくなったのでさらに人を殺め、盗みをはたらくという罪を重ねたのでございますか。なんと救いようのない愚かなことでございましょうか……」

九右衛門はため息をつきながら首を振る。

「愚かなことをしでかしたのは許されることではない。ないが、その元足軽たちには浮かばれぬ宿命があったのであろう。だからといって同情するつもりはないが、生まれてきた世が悪かったのかもしれぬ。戦国の世であったならば、干飯《ほしい》を食《は》みながらも真っ先に敵陣にのっこむ足軽でも出世の見込みはあった。太閤秀吉《たいこうひでよし》様がその最たる者であろう。使い捨ての駒にも出世の糸口はあった。さりながらいまは泰平の世である。抗しがたい天変地異はあれど、血で血を争う戦はない。自ずと足軽は安い禄で、雑役に使われるだけだ。五人の賊は江戸という新たな天地で、おのれの道を見つけたかったのだろう。足軽という軽輩でありながら、斬り捨て御免が許される侍身分であったことが仇となったのやもしれぬ」

隆観が意味深いことを口にすれば、

「そうかもしれませんが、罪は罪でございます。罪もない百姓一家も殺しているのです。どう考えても許せることではありません」

と、九右衛門にしてはめずらしく隆観に言葉を返した。

「たしかに許せる者たちではなかった。されど、思うことがあった」

兼四郎は短い間を置いて言葉をついだ。

「関所で賊に殺された兄の敵を討つといって村を出てきた、坂田半兵衛という者がいた。先ほどもその男のことは話したが、あれはいざ敵討ちとなったとき尻込みをしてしまった。そのせいで返り討ちにあいそうになった。だからわたしが代わりに斬り捨てた。そして、半兵衛はそのまま村に帰っていった。そのとき、わたしは思ったのだ」

「何を思われた？」

隆観が問うた。

「半兵衛は実の兄を殺されたが、いざとなったとき敵を取れなかった。臆したのかもしれぬし、いくつもの死体を見たせいで気持ちが竦んでいたのかもしれぬ。されど、わたしはそうは思わなかった。たとえ相手が憎き敵であろうと、人の命を取ることができなかったのだ。それなのに……」

兼四郎は冷めた茶をゆっくり口に含んだ。

表で蜩が鳴いており、軒先の風鈴が風に揺れて鳴った。

「わたしはこれまで、正義の名の下に悪党たちを裁いてきた。情けをかけることなく成敗してきた。むろん、斬らなければ斬られるという危ない橋わたりであった。されど、わたしは公儀《こうぎ》役人でも法の番人でもない。たとえ相手が許しがたい悪党でも、裁ける立場ではない。だからといって升屋を責めているのではない。ただ、そのことに気づいたのだ。おそらく升屋も同じことを考えているはずだ」

九右衛門は恐れ入りますと、両手をついて頭を下げた。

「八雲殿、けしかけたのは拙僧だ。ありもしない〝浪人奉行〟などという名をつけたのもわたしである。そなたの申したいことはよくわかった。たしかに人が人を裁くというのは難しいことだ。だからといって卑下することはなかろう。罪なき人々を苦しめた挙げ句に、その命を奪った者たちに鉄槌《てっつい》を下したのだ。そのお陰で救われた者もいるはずだ」

兼四郎は静かに隆観を眺めた。相変わらず耳の穴からぼそっと毛が出ている。

「八雲殿、そなたの気苦労はわかる。考えてみれば、拙僧も無責任なことを押しつけた」

隆観は詫びるように手を合わせて瞼《まぶた》を閉じた。

「いや、正直なところ浪人奉行に疲れたのです。斬られて死ぬのもいやですが、人を斬るのもいやなものです。たとえ相手が性悪な罪人であろうと、元々は人の子です。成敗した悪党らも人の子だったのです」

「よくぞいわれた。八雲殿、たしかにそのとおり。生まれながら邪悪の心を持った者はいないのだ。育つうちに心がねじ曲がり、善悪の見境がつかなくなり、悪いことと知りながらおのれを抑えることができずに、人の道から逸れたことを行う。悪いのは当人であろうが、人は生きるうえでどうしても人と交わる。親であり兄弟であり、友であり、仕事にかかずらう人と交わって生きる。また、貧する者は心の余裕をなくし、道を逸れもする。それゆえに御法なるものができた。さりとてその御法でこの世を、人を守りきれはせぬ。だから浪人奉行の行いは無駄ではなかった」

兼四郎は隆観の顔をまっすぐ見た。隆観の弁解とも、兼四郎に対する慰めとも受け取れた。

「和尚様にそういっていただけると、わたしの気持ちも少しは楽になります。ありがとう存じます」

「升屋さん、どうやら話はまとまったようだ。これで、浪人奉行は終わりでよいのだな」

「さように八雲様にも波川様にもご承知願いたいと存じます」

九右衛門はそういってから、定次に顔を向けた。

「そして、定次にも……」

定次が承知したという顔でうなずけば、

「定次、こっちに来てくれないかね」

と、九右衛門はそばに呼んだ。

「八雲様、長い間わたしの我が儘をお聞きくださり感謝しております。それから波川様にもお世話になりました。定次、おまえさんもご苦労でございました」

「いやいや、礼をいわれるほどのことはしておらぬ。わたしは途中から仲間に入れてもらっただけだ。それに升屋が気にするほど、わたしは大変だとは思わなかった。なにしろ頼り甲斐のある八雲さんがそばについていらしたのでな。それに定次の助ばたらきも大きかった。升屋、そう畏まらずともよいではないか」

ハハハと、十蔵は笑って、その場を和ませる。

「ありがたいお言葉です。それで、これはわたしからの心ばかりのねぎらいだと思い、どうかお納めくださいませ」

九右衛門は後ろに手をまわし、三人の膝前に紙包みを四つずつ積んだ。たしかめるまでもなく切餅（二十五両）である。

十蔵が唖然《あぜん》とした顔をすれば、兼四郎もしばらくまたたきもせずに見ていた。

一人百両の慰労金なのだ。

「過分ではないか……」

兼四郎が驚き顔でいえば、九右衛門は頬を緩めて首を振った。

「いいえ、わたしの気持ちです。どうぞ、黙ってお納めください」

「そうだな。升屋の気持ちを無にはできぬ。しからば遠慮なく」

十蔵が先に手を出し、切餅をつかんで懐に入れた。

「どうぞ、八雲様……」

兼四郎は躊躇ったが、ここは十蔵がいったように九右衛門のせっかくの厚意を無にはできぬと思い懐に納めた。しかし、定次は手を出さなかった。

「定次、どうしたのだい。納めてくれないか」

九右衛門が怪訝な顔をすれば、定次は一膝下がって、

「旦那、あっしがこの金を受け取れば、この店から出て行かなければならないのではありませんか」

と、まじまじと九右衛門を眺めた。

「それは定次の勝手だよ。出て行くというなら引き止められはしない」

「すると、いてもよいのでございますか？」

「もちろん。おまえさんがいると店も助かりますからね」

それを聞いた定次は、さっと兼四郎と十蔵に顔を向けた。

「旦那、波川さん、これからどうされるのです？」

「先のことは深く考えてはおらぬが、まずは八王子にいる古い友を訪ねるつもりだ。向こうで剣術道場をやっておってな。その手伝いを頼まれるなら引き受けるつもりだ」

「ならばあっしがお役に立てることはありませんね。それにもう奉行所の手先仕事もわたしにはまわってこないでしょうし、わたしもそろそろいい歳です。このままこの店ではたらかせてもらいたいと思います」

「よいではないか」

兼四郎が答えると、定次は再び九右衛門に顔を向けた。

「旦那、さようなことです。あっしはこれからもお世話になる使用人です。これは過分でございます」

定次が切餅を押し返そうとすると、九右衛門は強く首を振った。

「なりません。一度出したものを引っ込めることはできない。それにわたしは岩城升屋の主なのだ。ケチな商売をしている男ではない。気持ちよく受け取ってくれ。そして、気持ちよくはたらいてくれれば、わたしはそれで大いに結構なのだよ」

「定次、升屋がそういうのだ。遠慮なく受け取れ」

十蔵が横から勧める。定次は戸惑い顔をしながらも、「では」といって手を伸ばした。

「これで、話はまとまったようだな。なによりなにより」

隆観がほくほく顔でいって、みんなを眺めた。

蜩の声が高くなっており、庭には蜻蛉が舞っていた。

＊

三日後の朝、兼四郎は十蔵を伴って四谷の屋敷を出た。

荷物の少ない旅装束である。

「何度もいうが、行っても無駄になるかもしれぬぞ。それを承知でついてくるのだな」

兼四郎は歩きながら十蔵に顔を向けた。

「八雲さん、わたしも何度もいいますが、無駄は覚悟のうえです。このまま八雲さんと別れるのが忍びないのです。ただ、それだけです」

十蔵はそういって笑顔になる。憎めぬ男だ。兼四郎は向後の身の振り方を十蔵と話し合っていたが、八王子で道場を開いている倉持春之助に会いたいという。

兼四郎も十蔵も、そして春之助も、以前は同じ長尾道場の門弟だった。その縁があるので、十蔵は春之助に会いたいのだ。道場で雇ってもらえずとも、懐にはたんまり余裕があるので、先々のことはのんびり考えるという。

「では、ゆるゆるとまいろう。急ぐ旅ではないからな」

「はい。わたしは八雲さんのそばにいるだけでいいんです」

「こやつ、調子のよいことを……」

「いえいえ、わたしは本気でいっているんですよ」

「まあよい」

天気のよい日であった。残暑も和らぎ爽やかな風が吹いている。

昨日は定次と最後の別れだといって料理屋で送別の一席を設けた。

そのとき、兼四郎は四谷塩町《しおちょう》にある「扇屋《おうぎや》」にしようかと思ったが、すんでのところで思いとどまった。扇屋の大女将《おおおかみ》・寿々《すず》はかつて兼四郎が開いていた「いろは屋」の常連客で、日を置かずやって来ては秋波《しゅうは》を送ってきた。もっともそれは兼四郎に好意を寄せているだけのものではあったが、面倒見のよい女でもあった。

四十過ぎの大年増《おおどしま》ではあるが、肉置《ししお》きのよい色っぽい女だった。

甲州道中に出た兼四郎は、一度四谷御門のほうを振り返って、

（みんな達者でな……）

と、心中でつぶやいた。

それは、寿々を含めた「いろは屋」の常連客に向けたものだった。すると、橘《たちばな》官兵衛《かんべえ》のことが脳裏に浮かんだ。いまは連れ合いの百合《ゆり》の田舎で暮らしているはずだ。調子のよい男だから、おそらく元気であろうが、いつか会いに行こうと思った。

豪快に笑う官兵衛のふくよかな顔を思うと、我知らず兼四郎の口許がゆるんだ。

「八雲さん」

十蔵が声をかけてきたのは四谷大木戸《おおきど》の近くだった。

立ち止まると、大木戸の前に定次と寿々が立っていた。二人は兼四郎と十蔵に軽く頭を下げた。

「定次さんに会ってね。それで大将がさ……あ、大将じゃないわね。八雲様……」

寿々が声をかけてきた。

「大将でいいさ」

兼四郎は笑顔で応じた。

「江戸を離れて遠いところに行くんですね。八王子は近いようで、わたしにとっては遠い異国です。どうかお体ご自愛のうえお達者でお過ごしください」

「お寿々、そなたも達者でな。商売はうまく行っているか？」

「はい、お陰様でございます。しばらく会えませんでしたが、八雲様のことはいつも心の片隅にあったんですよ」

「気にしてくれていたとはありがたい。お寿々、いろいろと世話になったな」

「いいえ。わたしのほうこそ……」

寿々はそういって目に涙を浮かべた。

「こんな別れになるなんて。でも、八雲様……」

「なんだ？」

「江戸に見えるときには、是非ともわたしの店に立ち寄ってくださいまし」

「ああ、遠慮なく寄らせてもらう」

「きっとですよ」

「ああ、約束いたす」

「嬉しい」

寿々はそういうなり、はらはらと涙をこぼし、袖で目を覆った。

「お寿々、そなたに涙は似合わぬ。笑って見送ってくれ。ほれ、笑え」

「は、はい」

寿々は無理に笑ったが、それは泣き笑いだった。

「定次、わざわざすまなんだ。おぬしも達者でな。江戸に戻ってくることがあれば、升屋に立ち寄ろう。それから住職にもよろしく伝えてくれ」

「おれからもな」

十蔵が言葉を添えた。

「では、まいる。さらばだ」

定次は感極まった顔をしていた。兼四郎も胸を熱くしており、余計なことをいえば、自分も涙を見せそうだと危惧し、そのまま背を向けた。

大木戸を抜けたとき、寿々の声が追いかけてきた。

「大将の馬鹿」

兼四郎はにやりと笑った。それでいいんだと胸のうちでつぶやく。

「八雲さん、あれでいいんで。せっかく見送りにきてくれたんですよ」

「いいのだ。余計なことを申すな」

兼四郎は叱りつけるようにいって歩きつづけた。

街道の向こうには、雲ひとつない真っ青な空が広がっていた。

この作品は双葉文庫のために書き下ろされました。

双葉文庫

い-40-57

浪人《ろうにん》奉行《ぶぎよう》

十五ノ巻《じゆうごのかん》

2023年11月18日　第1刷発行

【著者】

稲葉稔《いなばみのる》

©Minoru Inaba 2023

【発行者】

箕浦克史

【発行所】

株式会社双葉社

〒162-8540 東京都新宿区東五軒町3番28号

［電話］03-5261-4818(営業部)　03-5261-4833(編集部)

www.futabasha.co.jp(双葉社の書籍・コミックが買えます)

【印刷所】

中央精版印刷株式会社

【製本所】

中央精版印刷株式会社

【フォーマット・デザイン】

日下潤一

ISBN978-4-575-67178-0 C0193

Printed in Japan

稲葉稔
浪人奉行 八ノ巻
長編時代小説〈書き下ろし〉
江戸郊外長崎村がならず者に襲われた。女子供まで殺める悪鬼を成敗すべく乗り込んだ兼四郎だったが、空前絶後の凶敵を前に窮地に陥る。

稲葉稔
浪人奉行 九ノ巻
長編時代小説〈書き下ろし〉
剣の腕を隠して飯屋を営む八雲兼四郎は不憫な女お蛍と知り合う。一方、江戸湊では海賊が横行。兼四郎は、お蛍を案じつつ成敗に向かう。

稲葉稔
浪人奉行 十ノ巻
長編時代小説〈書き下ろし〉
表の顔は居酒屋の主、裏の顔は影役目・浪人奉行の八雲兼四郎。江戸と武州を股に掛け、友を救い、女たちを守る!! 人気シリーズ第十弾。

稲葉稔
浪人奉行 十一ノ巻
長編時代小説〈書き下ろし〉
町方の手の届かぬ悪を斬る浪人奉行の八雲兼四郎は、改易されて乱心し、非道を重ねる元旗本の存在を知る。人気シリーズ、第十一弾!

稲葉稔
浪人奉行 十二ノ巻
長編時代小説〈書き下ろし〉
材木問屋の娘が悪漢の手によって攫われた。依頼を受けて娘を救うべく奮闘する八雲兼四郎だが……。大人気シリーズ、第十二弾!

稲葉稔
浪人奉行 十三ノ巻
長編時代小説〈書き下ろし〉
かつて岩城升屋を襲った賊の手掛かりがもたらされた。八雲兼四郎は賊を探し千住下宿へと向かうが……。大人気シリーズ、第十三弾!

稲葉稔
浪人奉行 十四ノ巻
長編時代小説〈書き下ろし〉
中山道の宿場を荒らす卑劣な賊の噂を聞きつけた八雲兼四郎は、新たな相棒を伴い、蕨宿へ向かう。大人気時代小説シリーズ第十四弾!

井原忠政
三河雑兵心得 足軽仁義
戦国時代小説〈書き下ろし〉
苦労人、家康の天下統一の陰で、もっと苦労した男たちがいた！ 村を飛び出した十七歳の茂兵衛は松平家康に仕えることになるが……。

井原忠政
三河雑兵心得 旗指足軽仁義
戦国時代小説〈書き下ろし〉
三河を平定し、戦国大名としての地歩を固めた家康。猛将・本多忠勝の麾下で修羅場をくぐる茂兵衛は武士として成長していく。

井原忠政
三河雑兵心得 足軽小頭仁義
戦国時代小説〈書き下ろし〉
迫りくる武田信玄との戦い。家康生涯最大のピンチ、三方ヶ原の戦いが幕を開ける。怯むな茂兵衛、ここが正念場！ シリーズ第三弾。

井原忠政
三河雑兵心得 弓組寄騎仁義
戦国時代小説〈書き下ろし〉
大敗から一年、再び武田が攻めてきた。決戦の地は長篠。ついに、最強の敵と雌雄を決する時が迫る。それ行け茂兵衛、武田へ倍返しだ！

井原忠政
三河雑兵心得 砦番仁義
戦国時代小説〈書き下ろし〉
武田軍の補給路の寸断を命じられた茂兵衛は、森に籠って荷駄隊への襲撃を指揮することに。戦国足軽出世物語、第五弾！

井原忠政
三河雑兵心得 鉄砲大将仁義
戦国時代小説〈書き下ろし〉
信長の号令一下、甲州征伐が始まった。徳川に寝返った穴山梅雪の妻子を脱出させるため、茂兵衛は武田の本国・甲斐に潜入するが……。

井原忠政
三河雑兵心得 伊賀越仁義
戦国時代小説〈書き下ろし〉
信長、本能寺に死す！ 敵中突破をはかる家康一行の殿軍についた茂兵衛、伊賀路を越えられるのか!? 大人気シリーズ第七弾！

金子成人
かみなりお勝
ごんげん長屋つれづれ帖【一】
長編時代小説〈書き下ろし〉

根津権現門前町の裏店を舞台に、長屋の人情や親子の情をたっぷり描く、くすりと笑えてほろりと泣ける傑作人情シリーズ、注目の第一弾！

金子成人
ゆく年に
ごんげん長屋つれづれ帖【二】
長編時代小説〈書き下ろし〉

長屋の住人で、身重のおたかが倒れてしまった。周囲の世話でなんとか快方に向かうが、亭主の国松は意外な決断を下す。落涙必至の第二弾！

金子成人
望郷の譜《ふ》
ごんげん長屋つれづれ帖【三】
長編時代小説〈書き下ろし〉

長屋の住人たちを温かく見守る彦次郎とおよしの夫婦。穏やかな笑顔の裏には、哀しい過去が秘められていた。傑作人情シリーズ第三弾！

金子成人
迎《むか》え提灯《ちょうちん》
ごんげん長屋つれづれ帖【四】
長編時代小説〈書き下ろし〉

お勝の下の娘お妙は、旗本の姫様だった!? 我が子に持ち上がった思いもよらぬ話に、お勝の心はかき乱されて——。人気シリーズ第四弾！

金子成人
池畔《ちはん》の子
ごんげん長屋つれづれ帖【五】
長編時代小説〈書き下ろし〉

お勝たちの向かいに住まう青物売りのお六の、とある奇妙な行為。その裏には、お六の背負う哀しい真実があった。大人気シリーズ第五弾！

金子成人
菩薩《ぼさつ》の顔
ごんげん長屋つれづれ帖【六】
長編時代小説〈書き下ろし〉

二十六夜待ちの夜空に現れた、勢至菩薩様のお姿。ありがたい出来事の陰には、遠き日の悲しい恋の物語があった。大人気シリーズ第六弾！

金子成人
ゆめのはなし
ごんげん長屋つれづれ帖【七】
長編時代小説〈書き下ろし〉

貸本屋の与之吉が貸していた本に記された『たすけて』の文字。この出来事が、思わぬ出会いを運んできて——。大人気シリーズ第七弾！

坂岡真

はぐれ又兵衛例繰控《れいくりびかえ》【一】

駆込み女

長編時代小説〈書き下ろし〉

南町の内勤与力、天下無双の影裁き！「はぐれ」と呼ばれる例繰方与力が頼れる相棒と悪党退治に乗りだす。令和最強の新シリーズ開幕！

坂岡真

はぐれ又兵衛例繰控《れいくりびかえ》【二】

鯖《さば》断《だ》ち

長編時代小説〈書き下ろし〉

長元坊に老婆殺しの疑いが掛かった。南町の協力を得られぬなか、窮地の友を救うべく奔走する又兵衛のまえに、大きな壁が立ちはだかる。

坂岡真

はぐれ又兵衛例繰控《れいくりびかえ》【三】

目《め》白《じろ》鮫《ざめ》

長編時代小説〈書き下ろし〉

前夫との再会を機に姿を消した妻静香。捕縛した盗賊の疑惑の牢破り。すべての因縁に決着をつけるべく、又兵衛が決死の闘いに挑む。

坂岡真

はぐれ又兵衛例繰控《れいくりびかえ》【四】

密命にあらず

長編時代小説〈書き下ろし〉

非業の死を遂げた父の事件の陰には思わぬ事実が隠されていた。父から受け継いだ宝刀和泉守兼定と矜持を携え、又兵衛が死地におもむく！

坂岡真

はぐれ又兵衛例繰控《れいくりびかえ》【五】

死してなお

長編時代小説〈書き下ろし〉

殺された札差の屍骸のそばに遺された、又兵衛の義父、都築主税の銘刀。その陰には、気高く生きる男の、熱きおもいがあった――。

坂岡真

はぐれ又兵衛例繰控《れいくりびかえ》【六】

理不尽なり

長編時代小説〈書き下ろし〉

女房を守ろうとして月代侍を殺めてしまった男に下された理不尽な裁き。夫婦の無念のおもいを胸に、又兵衛が復讐に乗りだす――。

坂岡真

はぐれ又兵衛例繰控《れいくりびかえ》【七】

為《な》せば成《な》る

長編時代小説〈書き下ろし〉

父の仇を捜す若侍と出会った又兵衛。若侍の境遇に同情し、仇討ちの成就を願うが、おもわぬところから仇の消息の手掛かりを摑み――。